KB185025

멋지게 살고 싶은 화가 백지은

?

많이 사랑해 주셨던 할아버지와 사촌 동생과 함께(왼쪽 여자아이가 나다)

고등학교 시절

파리 여행에서(휠체어 사용이 어려운 곳엔 엄마의 등에 업혀 어디든 다녔다)

사촌들과 모임

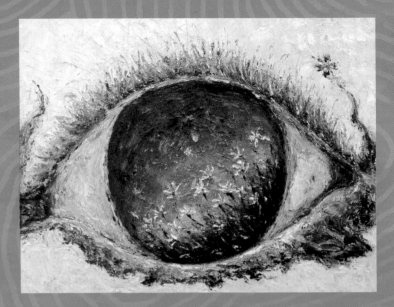

dérégle horloge 1(65.1×50.0cm) oil on canvas

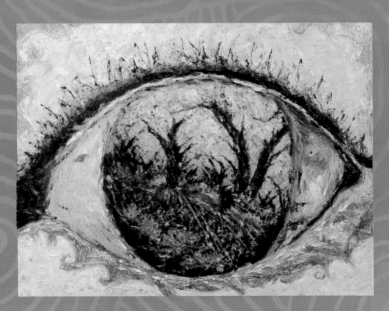

dérégle horloge 3(65.1×50.0cm) oil on canvas

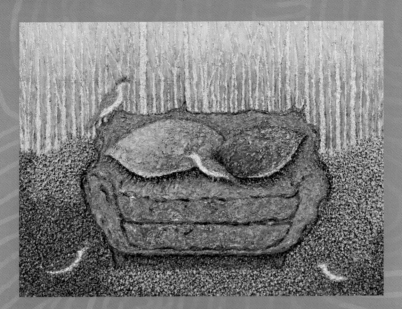

at the forest 1(116.8×91.0cm) oil on canvas 2017

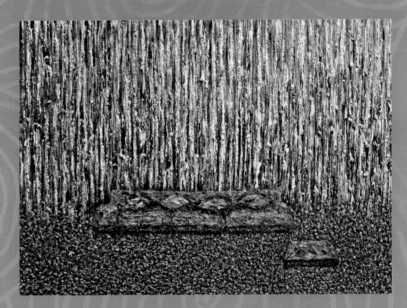

at the forest 4(90.9×65.1cm) oil on canvas 2017

at the forest 9(116.8×91.0cm) oil on canvas 2017

?

at the forest 8(53.0×40.9cm) Oil on canvas 2017

프랑스 작가들과의 교류(작품을 이야기할 때 다른 언어쯤은 문제가 되지 않았다)

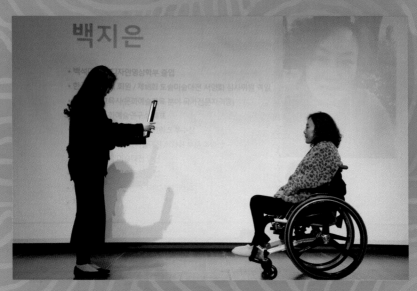

2023년 이원형어워드 수상(2023년 최고의 장애예술인)

누구 시리즈

문학적 초상화 프로젝트
2024년 〈누구?!시리즈10〉을 발간하며

궁금증이 감탄으로 변하게 하는 이야기를 담은 작은 인문학도서 〈누구?!시리즈〉를 기획하게 되었다. 인문학이란 사람의 이야기를 기본으로 하는데 그 삶에서 장애는 비장애인들이 경험하지 못한 특별한 이야기여서 사람들에게 감동을 준다.

특히 장애인예술은 장애예술인의 삶 속에서 녹아 나온 창작이라서 장애예술인 이야기를 책으로 만드는 〈누구?!시리즈〉는 꼭 필요한 작업이다. 이 책은 장애예술인의 활동을 알리는 소중한 자료가 될 것이기에 〈누구?!시리즈〉 100권 발간 목표를 세웠다. 의문과 감탄을 동시에 나타내는 기호 인테러뱅 (interrobang)이 〈누구?!시리즈〉를 통해 새로운 감성으로 확산될 것으로 믿는다.

〈누구?!시리즈 100〉이 완간되면 한국을 빛내는 장애예술인 100인이 탄생하여 장애인예술의 진가를 인정받게 될 것이며, 100인의 장애예술인을 해외에 소개하면 한국장애인예술의 우수성이 K-컬처의 새로운 화두가 될 것이다.

_ (사)한국장애예술인협회 회장 방귀희

멋지게 살고 싶은 화가 백지은 - **누구 시리즈 32**
백지은 지음

초판1쇄 발행 2024년 11월 1일

지은이 백지은
펴낸이 방귀희
펴낸곳 도서출판 솟대
등 록 1991년 4월 29일
주 소 서울시 금천구 서부샛길 606, 대성지식산업센터 B동 2506-2호
전 화 02)861-8848
팩 스 02)861-8849
홈주소 www.emiji.net
이메일 klah1990@daum.net

값 12,000원

ISBN 979-11-985730-7-0 03810

주최

후원 문화체육관광부   한국장애인문화예술원
Korea Disability Arts & Culture Center

32
누구 시리즈

멋지게 살고 싶은
화가 백지은

백지은 지음

꿈은 현실이었고 현실 또한 꿈이었다

도서출판
솟대

기분 좋은 꿈을 꾸다

'사는 게 꽃같네'라는 책 제목은 언제부터인가 곳곳에서 만날 수 있는 간판, 말, 음악극 제목이 되었다. 맞다, 사는 것은 꽃같다. 중의적 해석이 가능하겠지만 나는 향기도, 찬란한 아름다움도 꽃 피고 지듯 영원하지 않다는 쯤으로 해석한다. 산다는 건 순간일 수밖에 없어서 갈망을 잉태하고 있는 것이리라.

나는 사는 게 꿈같다. 기분 좋은 꿈. 꽃같은 삶이 계속될 수 없듯 꿈도 깰 수밖에 없다. 꽃의 아름다움이 영원할 수 없는 것처럼 기분 좋은 꿈에서 계속 머물 수는 없다.

그런데 꽃의 아름다움은 소유가 아니라 향유가 될 때 순간을 넘어선다. 이처럼 꿈도 현실과 애써 구분하고 경계 짓지 않을 때 꽃의 아름다움처럼 삶을 빛나게 한다. 윤택하게 한다. 삶과 현실이 할퀴며 만든 생채기를 호호 불며 어루만진다. 그래서 굳이 현실에 스스로를 붙들어 매지 않기를, 운명과 환경에 분노하지 않기를, 꽃같고 꿈같은 현실을 기꺼이 안아 행복하기를 원하고 바란다.

잘 웃고, 또 웃는 것을 좋아한다. 사람들을 좋아하고 그들과 만나 이야기 나누는 것은 더 좋아한다. 세상에 나쁜 사람은 없다고 생각하는데 마흔이 넘었는데 세상을 모른다, 철없다며 걱정하시는 분들도 있다. 그럴 때마다 내 말이 맞다는 걸 증명하고 싶어진다. 오늘도 좋아하는 것을 찾아 '하고', 또 무엇을 어떻게 할까 한창 궁리했다. 이 과정에 내게 있는 장애는 아무것도 아닌 게 된다. 곁에서 도와주시는 엄마에게 고맙고 미안한 마음은 말로 다 할 수 없지만 지금도 엄마 앞에서 몇 년 후 계획을 신나게 종알대고 있다.

같은 마음으로 이 책을 썼다. 비장애인으로 살다 장애인이 되어 장애작가로 활동하며 경험한 많은 일들이 준 기쁨, 생각하는 것만으로 설레는 앞으로의 계획을 많은 사람들과 이야기하고 싶었다. 거의 매일 우리의 예상과 바람을 코웃음 치며 배신하는 시간과 사건 속에서 꿈인 듯 꿈 아닌 듯 확신하지 말고, 단정하지 말고, 매이지 말고, 기분 좋게, 행복하게 살자고 말하고 싶었다.
내 이야기도 꿈인 듯 꿈 아닌 듯 읽힐 수 있기를 기대한다. 삶은 기대와 바람으로 꾸려진다는 것을 믿는다.

2024년 꿈꾸기 좋은 날
서양화가 백지은

차례

백지은 날다

...

"야! 너, 또 그럴래?"

학주다, 그러니까 학생주임 선생님이 교문을 들어서는 날 또 불러 세우신다. 걸걸한 목소리가 우렁차서 늘 깜짝깜짝 놀라기 일쑤인데, 오늘은 말끝이 쫙 갈라지고 올라가니 한층 더 무섭다. 선생님은 언제나 목소리로 우리를 제압했다. 일단 큰 목소리로 '야!'라고 소리치며 주변 공기를 훑어낸 다음에는 '너~~'로 대상을 명확히 한다. 이쯤 되면 주변에 있는 아이들은 단박에 그 목소리가 누구를 향하고 있는지, 누구를 호명하는지 알게 된다. 선생님은 이걸 노리시는 거다. 많은 아이들이(운동장에서라면 더더욱 호명되고, 집중적으로 눈길을 받는 것이 부담스럽다) 한 사람에게 시선을 쏟는 순간, 주인공은 원하지 않아도 주인공이 된다. 그러면서 동시에 주변 사람들의 호기심 가득한 눈빛에 견딜 수 없어진다.

왜 이다지도 선생님의 목소리는 반갑지 않단 말인가!

아이들은 선생님이 불러 세운 아이의 머리끝에서 발끝까지를 빠르고 정확하게 쓱 훑는다. 무엇을 지적하시는 걸까 찾는 것이다. ('쟤는 뭣땜에 걸린 거지?' 퀴즈 풀 듯, 보물찾기하듯 의욕에 넘쳐서 말이다) 이때 아이들이 제일 먼저 눈을 두는 곳은 교복이다. 즉, 교복을 '어떻게' 입고 있는가인데, 문제가 되는 흔한 지적은 이런 거다. 치마가 너무 짧다거나, 치마와 조끼가 몸에 꽉 맞도록 (학생주임은 이를 입고 꿰맸다셨다) 줄이거나, 블라우스를 안 입고 조끼 안에 체육복을 입었다든지 등이다. 여중, 여고를 다니며 교복을 예쁘게 입고 싶은 것은 모두의 바람이리라. 그런데, 모두 다 똑같은 교복으로 대체 뭘 얼마나 예뻐질 수 있단 말인가. 잘못하다가는 함께 교복을 입는 친구들에게 괜한 불편함을 줄 뿐이다. 다리가 예뻐 교복 치마를 짧게 입는다 하자, 원하지 않았지만 어쩔 수 없이 부러움 받을 만큼 긴 다리를 가지고 있지 못하거나 다리가 굵고 종아리에 뽈록 알이라도 박혀 있다면 짧은 교복 치마는 다른 친구들에게 열패감을 던져 버리고 자존감 하락을 부채질할 뿐이다, 별로다.

나는 이런 뻔한 '지적 거리'로 불려 세워지지 않는다. 교복을 줄여 입거나 쪼여 입거나 하는 것이 뭐 대수란 말인가, 어차피 교복일 뿐이다. 하염없이 긴 다리를 가진 친구나 일찍부터 볼륨감 있는 몸매를 가진 친구들이 그렇게 교복을 몸에 '맞게' 입었을 때는 정직하게 드러나는 것들에 잠깐의 부러움과 감탄이 뒤따를 수 있

고등학교 시절

고등학교 시절

겠으나 어차피 어디 여중, 여고 학생일 뿐이다.

선생님이 날 불러 세우신 건 내가 신고 있던 양말 때문이었다. 그러니까 내 빨간색 양말. 흰색이나 검정색도 아닌 빨간색. 전교에서 유일하게 나만 신었던 빨간 양말. 학생주임 선생님을 비롯해 대부분의 선생님은 유독 빨간 양말을 싫어하셨다. 치마가 지나치게 짧거나 몸에 꼭 맞게 교복 조끼를 줄이는 것은 '학생답지 못하다' 하셨지만, 내겐 '왜 튀냐?' 하셨다. 무엇이든 눈에 띄게 하지 말라는 말씀이신데, 지금 생각해도 그건 좀 너무하셨다. 나는 튀려는 것이 아니라 예쁜 것을, 내 마음에 꼭 드는 것을 신고 싶었던 것뿐이다. 그리고 그건 학교 규정에 어긋나지 않는, 그러니까 학생답지 못하다는 말씀을 거스르지 않는 선에서 할 수 있는 일이었다. 교복이 내 신분을 말해 주는 것이기에 굳이 그것을 변형해 입는 것에는 관심이 없었지만 나를 나이게 하는 것만은 포기하고 싶지 않았다.

나는 '예쁜' 머리핀과 양말과 신발이 좋았다, 지금도 그렇다. 여기서 예쁘다는 건 내 마음에 쏙 드는 거다. 유행하는 것이 아니라, '나만의 무엇'인 거다. 많은 사람들이 하는 것이 아닌 희소한 것이라면 더더욱 좋다. 내가 하는 머리핀과 신발은 학교에서 나만 가지고 있었던 것 같다. 특히 신발은 단연코 세상에 하나뿐인 것이었다, 내 운동화는 예뻤다.

발목까지 가뿐하게 올라온 흰색 운동화에 알록달록 물감으로 그려진 꽃이며, 만화 캐릭터며, 골목길 풍경 등은 내 걸음을 따라 춤을 춘다. 마을 꼭대기까지 펼쳐진 골목 계단은 군데군데 깨지고 무너져서 거칠고 황량해 보이지만 내 걸음을 따라서는 부드럽게 머리를 흔들며 움직인다. 한쪽에 빼꼼 피어 있는 민들레와 쑥부쟁이는 한껏 치장했으면서도 부끄러워 벽에 기대 제 몸을 반 넘게 숨기고서야 얼굴을 보이고, 난데없이 오르락내리락 계단을 뛰놀다가 '뿅' 하고 꽃 속에서 얼굴을 내미는 귀염둥이 다마고치들은 내 발등 곳곳에서 뛰놀고 있었다.

선생님들은 나의 빨간 양말과 함께 신발도 좋아하지 않으셨다. 정확히는 이해하고 싶지 않으셨던 것 같다. 제발 기성품 운동화를 신으라며 며칠 전에도 말씀하셨는데, 어쩌겠는가. 나는 세상에 단 하나뿐인 '나의' 운동화를 신고 싶은 것을! 매일 새로운 다마고치를 그려 넣고, 새로 태어난 꼬맹이에게 표정을 만들어 주고, 계단의 연결과 그 이음새를 다르게 하면 난 매일매일 새 신발을 신고 학교에 가는 거였다.

운동화는 그날의 내 기분이었고, 똑같은 교복 속에 갇혀 버린 내 마음과 생각을 열어 보여 주는 친구였다(어떨 때는 나조차 모르는 내 마음을 보여 주기도 한다. 운동화를 신으면 찾아오는 감정이 아마 그럴 것이다).

그런데 선생님들은 이 운동화의 학교 출입을 '굳이' 막으셨다. 왜 남들 다 신고 다니는 그런 운동화가 아니냐며 나를 '이해할 수 없는 놈'으로 나무라셨다.

그런데 아무리 생각해도 나는 내가 '너무' 이해된다.

'다 똑같은 교복에, 똑같은 교실에서 똑같은 의자에 앉아 똑같은 밥을 먹는 일을 매일 한다고 생각해 보라, 과연 몇 명의 사람들이 즐겁다고, 아니 괜찮다고 말할 수 있을까?'

아니 견딜 만하다고 말할 사람도 많지 않을 거다.
나는 양말과 신발로 편안히 교문을 통과하는 날이 극히 적었지만, 오히려 그런 소소한 이벤트가 선생님들과 친구들과의 재미있는 수다와 웃음에 보태져서 학교는 매일 재미있었다.

나는 날 닮은 꿈을 키워

...

　세상 어디에도 없는, 모두가 똑같지 않은 나만의 패션을 만드는 일, 이것이 내 꿈이 된 것은 아마 중학생 때였던 것 같다. 나는 그때부터 무엇이 하나 유행이면 많은 친구들이 죄다 그것을 따라 하는 일이 좀 아쉬웠다. 특히 겨울에는 더 그랬던 것 같다. 교복도 아닌데 아이들은 똑같은 오리털 파카와 오버코트를 입었다. 운동화도 유행하는 브랜드의 특정 디자인을 신었다. 교문을 들어서고 나가는 모든 걸음이 같은 신발로 꾸려졌다. 친구들의 걸음걸이는 제각각 다른 것 같은데, 그 다른 걸음이 같은 신발로 만들어지는 것은 뭐랄까, 고흐의 해바라기를 온갖 군데서 만나는 것과 같다. 수만 장씩 찍어 낸 해바라기는 고흐의 작품이라기보다 어디 브랜드의 공책이거나 우산으로 기억될 수 있을 거다.

　고흐의 작품을 전시회뿐만 아니라 노트에서, 우산에서, 심지어 클리어 파일에서도 볼 수 있는 것은 훌륭한 작품을 여러 곳에서 만날 수 있다는 좋은 점이 있지만 그건 작품을 좋아하는 진짜 이유를 찾지 못하게 되는 아쉬움 또한 큰 일이다. 모두들 좋아하니까 좋아하는 것일 수 있기 때문이다. 이미 유명한 것이어서 좋아하는 것일 수도 있는 거다. 나는 정말 내가 좋아하는 작품을 만나고, 찾고, 만들어 내고 싶었다. 작품이나 물건을 좋아하는 내 마음에서가 아니라 그 작품이 정말 좋은지를 내가 알고 있고, 말할 수 있어야 한다고 생각했다. 그래서 반 친구들이나 학원 친구들이 좋아하는 것을 마냥 따라 좋아할 수 없었다. 그러다 보니 나도 좋은데, 아이들이 많이 좋아하니 일부러 좋아하지 않으려고 했던 것도 같다. 머리핀이나 필통 디자인이 그랬고, 특히 운동화나 특정 브랜드의 티셔츠 등은 디자인이 마음에 들어도 아이들이 많이 입었다면 의식적으로 입지 않으려고 했다. 나도 유행을 따라하는 것 같아서 싫기도 했지만 '나만의 감각'을 보호하기 위해서였다.

진짜 내가 좋아하는 것이 무엇이고, 왜 좋아하는지를 내게 묻고, 그것에 답할 수 있어야 진짜 좋은 것이었다. 그렇게 답이 구해져야 좋았다. 내가 좋아야, 그것이 왜 좋은지 스스로 납득이 되어야 좋았다. 그다음에는 내가 좋아하는 것을 더 깊이 판다, 흠뻑 빠진다. 어른인 지금도 그렇다.

'그런데 어쩌겠는가! 나는 나로, 세상에 하나뿐인 존재인 것을.'

그랬다. 나는 좀 '별난' 딸이고 학생이었다. 엄마도 내게 '예쁘

많이 사랑해 주셨던 할아버지와 사촌 동생과 함께(왼쪽 여자아이가 나다)

다'는 말 다음으로 '별나다'란 말씀을 많이 하셨다. 입혀 주는 옷 그대로 입고, 평화롭게 등원했던 남동생과 달리 나는 유치원 등원 때마다 머리 묶는 것에서부터 옷 입기까지 한 번도 쉽게 지나간 적이 없었단다(뭐 완전히 동의하기는 어렵지만 엄마는 지금까지도 '아이유~' 추임새를 넣어 가며 나의 어린 시절을 이야기하신다). 엄마는 까다로운 내 요청을 받아 주며 머리를 요리 묶었다, 조리 묶었다 했고 땋은 머리를 모두 합쳐서는 하나의 묶음 머리로도 만들어 줬다. 엄마의 인내심과 수고 덕분에 내 머리는 늘 예쁘고, 멋졌다. 어릴 적 이야기는 지금까지도 밥상머리 화제가 된다.

"어느새 커서(가끔은 늙어 간다고도 말씀하셔서 모녀 사이가 잠깐 틀어지기도 한다) 이제는 손이 많이 갈 망정 까탈스럽지는 않다."

어머니는 이야기의 마지막에는 칭찬하신다.
이것은 칭찬인가? 웃프다.

나는 가끔 생각한다.

'정말 내가 별나게 굴어서 지금 이렇게 '별난' 삶을 사는 걸까?'

나는 어릴 때도 남들이 나를 별나다 했지만 내가 그리 별난 아이라 생각되지 않았고, 장애인으로 사는 지금도 그리 별나다 생각하지 않지만, 어른들 말씀이 말이 씨가 된다고, 엄마도, 친하고 또 친하지 않던 선생님들도 내게 '별난 놈'이라 하셨는데, 그게 씨앗이 되었는가? 생각해 보기는 한다. 그러나 그것은 정말 '그 말이 맞나?' 하는 정도의 가벼운 호기심 정도일 뿐이다. 말이 씨가 되었다는 말을 마치 누군가를 향한 저주마냥 생각하는 것도 불편하고, 이를 두려워하는 것도 좀 우습다. 드라마를 너무 많이 보았기 때문인 것도 같은데, 아니 드라마가 소수 사람들의 삶을 '나쁘다', '안타깝다', '슬프다'라는 감정으로 만들어 버렸기 때문이기도 할 거다. 중고등학교 때 친구들이 유행했던 브랜드를 모두 따라 입고, 신고, 했던 것처럼 드라마를 본 사람들은(그 드라마가 인기 있었다면 더더욱) '다른' 삶에 대해서 드라마가 만든 어떤 전형적인 인식을 쉽게 선택해 버리는 것 같다. '불쌍하다'거나 '불행하다', 아니면 그 중간 어디쯤.

　그런데, 아니다.

내 인생 첫 실패, 대학 입학

...

글을 쓰다 보니 어릴 적부터 고집 세고, 좋고 싫었던 것이 분명했던 내가, 내 삶이 별나긴 한 것 같다. 지금 나는 아무래도 소수자로 살고 있으니 말이다.

나는 지금 휠체어를 타고 있다. 잠들기 전까지는 휠체어가 내다리다. 교통사고로 장애가 발생했기 때문인데 사실 나처럼 사고를 당하는 사람도 많지 않을 것이고, 그로 인해 장애가 발생하는 일도 흔한 일은 아닐 테니 별나긴 별난 인생일 수 있겠다. 그렇다고 지금 내 상황이 끔찍하다거나, 분노가 치민다거나, 한없이 내가 불쌍하다거나, 장애인 딸을 둔 엄마 생각에 눈물이 앞을 가린다거나, '왜 내게 이런 일이 생긴 거야? 내가 뭘 그렇게 잘못해서?' 등의 분노, 한탄, 연민 등의 감정이나 생각은 없다. 장애는 불행이라는 일반화의 오류에 갇힐 만큼 나의 장애 현실과 경험을 회피하고 있지 않다.

알 수 없는 내일을 두려움 없이 맞듯 나는 태어나 처음 겪는 장애의 경험을 온전히 살고 있는 중이다. 휠체어에 앉아 생활하는 장애인의 삶이 드라마에서 보듯 뭐 그리 비극적이거나 한 것도 아니다. 물론 할 수 없는 일도 많고, 경험해 보지 못했던 감각과 그러한 상황이 당황스럽기도 하다. 그러나 이는 꼬마가 소녀가 되고, 여인이 되는 과정에서 맞닥트리는 정도의 불안이나 불편함이다. 누구든 경험해 보지 못한 이러저러한 상황을 앞으로 당겨와 미리 염려하거나 걱정하며 살지는 않을 거다. 그리고 자신에게 그런 일들이 일어날 거라는 생각 또한 하지 못할 것이다. 나 또한 그렇다. 그러니 장애인이 된 이후부터 지금까지 처음 경험하는 일과 특별한 상황을 긴장 없이 맞닥트릴 뿐이다. 처음 하는 일, 처음 가는 장소, 처음 만나는 사람이 편안하지 않지만 그건 낯설기 때문이고 살면서 반드시 치르는 과정일 뿐이다. 그러니 과도하게 두려워하거나 스스로 스트레스를 키울 필요는 없는 거다.

나의 매일도 그렇다. 나는 덤덤하게 아직도 경험해 보지 못했던 장애의 경험을 성실하게 수행 중이다.

이즈음 내가 휠체어를 타고, 그림을 시작한 이야기를 해야겠다.

때는 대학 입시에 실패하고 재수를 결심할 즈음이었다. 나는 패션디자이너가 되고 싶었다, 정확하게는 신발 디자이너. 대학에서 패션디자인을 공부하고 스페인으로 유학을 할 계획도 있었다. 각자의 취향과 개성이 담긴 신발을 디자인하고 싶었다. 기능성을 갖춘 것은 물론이고 독특하고 멋스러운 신발을 디자인하고 싶었다. 그리고 머리핀을 비롯해 귀걸이, 반지 등 저마다 내재한 특별한 분위기를 찾아 주는 마법의 액세서리 디자이너가 내 꿈이었다.

목표한 대학에 우수한 성적으로 합격하고, 신나게 공부하며 폼 나고 멋진 대학 생활을 하고 싶었다. 그런데 내 고등학교 성적은 희망하는 대학이 요구하는 성적과 달랐다. 내 성적은 좀(솔직히 좀 많이) 부족했다. 사실 고등학교 3년 내내 학교생활은 더없이 신나고 재미있었지만 교과서 달달 외워 시험 치르고, 그것을 내 성적으로 인정하여 평가받는 일은 정말 싫었다.

'어떻게 영어 문장 잘 외우는 것으로, 수학 공식 외워 풀이하는 것으로, 살수대첩과 임진왜란과 병자호란이 있었던 년도를 외워서 이를 순서대로 나열할 수 있는 것으로 사람을 평가하고 판단할 수 있단 말인가.'

뭐 이런 생각이 머릿속에 가득했다. 그래서 나는 수업 시간에는 열심히 공부하고, 질문도 많은 학생이면서도 시험 때는 4개의 문항 중 정답을 찾으라는 질문에 순순히 답하지 않는 이상하고 별난 학생이었다. 선생님들의 한숨과 체벌이 잦았지만 '왜?'라는 질문도 없이 사건의 전후 상황을 수용하고, 감상도 없이 은유의 역할을 찾아내는 시험쯤 나는 가볍게 거절할 수 있었다. 그러니 내가 가고 싶은 대학이 요구하는 성적은 도대체 구할 수가 없었다.

나는 멋지게 대학에 합격해서 아버지가 돌아가시고 나와 남동생 뒷바라지에 쏟아 낸 엄마의 시간을 보람으로 채워 주고 싶었다. 지금 생각해도 기특한 그런 소망이 열아홉 살 나를 가득 채웠다. 그래서 꼭 가고 싶던 대학에만 원서를 냈다. 떨어질 것을 생각해서 그다음 대학을 생각하고 지원하는 것이야말로 간절함이 부족한 것 같아서 아예 생각하지도 않았다. 성적은 부족했지만 그래도 내 운을 믿고 싶었던 것 같다. 솔직히 엄마를 생각하는 착한 딸의 소망쯤 하늘도 이루어 주실 거라 믿었다.

그러나 결과는 불합격! 그래도 나는 후순위 대학을 준비하지 않은 것을 후회하거나 아쉬워하지 않았다. 엄마에게는 미안했지만 대학생이 목표는 아니었기 때문에 재수를 해서 다음해 입시에서는 부족한 성적에 발목 잡히지 않으리라 결심하고 재수 계획을 세웠다. 우리 착한 엄마는 감사하게도 실망한 마음을 보이지 않으셨고 딸을 믿어 주셨던 것 같다.

"하기로 마음을 먹었다면, 해 보라!"

언제나처럼 응원해 주셨다.

재수하는 동안 엄마에게 경제적인 부담을 드리게 될 테지만 엄마는 세계적인, 유명한 디자이너가 되고 싶은 내 꿈을 인정하셨기 때문에(어쩌면 엄마는 나를 키우며 내가 그 일을 할 수밖에 없다고 생각하셨을지도 모른다) 더 이상의 고민은 없었다. 엄마는 '잘

할 수 있을 거야.'라며 영원히 내 편인 것을 거듭 확인해 주셨다. 내가 그때나 지금이나 어떤 일도 겁내지 않고, 재미를 찾고, 진하게 재미를 누리는 활력은 거의 전부가 엄마의 지지로 빚어진 것이었을 테다.

교통사고가 난 꿈을 꿨는데 휠체어를 탔어

...

   엄마의 응원과 함께 시작한 재수 생활은 매일 학원을 오가는 일이었다. 여전히 질문 없이 수많은 개념과 단어를 외워야 하는 일이 싫었지만 대학 입시를 치러야 하는 현실에서 고등학교 때처럼 치기를 부릴 수만은 없었다. 그러니 하루하루가 재미없고 지루했다. 공부든 놀이든 신나게 하기를 잘하고 좋아하는 내가 모든 생각과 마음의 소리를 잠재우고 무조건 학습한 내용을 달달 외우고 있으니 얼마나 답답했겠는가 말이다. 지금 생각해도 내 인생에서 그때가 제일 힘들고 어려웠던 것 같다.

   연말과 함께 시작된 나의 재수 생활은 겨울과 함께 꽁꽁 얼어붙었다. 도대체 마음을 잡을 수가 없어서 학원에서도 먼지와 서리가 엉킨 유리창을 바라보는 시간이 많아졌다. 오직 공부에 집중하겠다는 다짐은 며칠 지나자 곧장 나를 옥죄는 틀이 되어 버렸다. 한 달을 채우지 못하고 힘들어하는 내게 실망해서 화가 났고, 화를 내도 뭐 뾰족한 해결 방법이 있는 것도 아니었다. 수업을 들으며 인내심 부족하고, 제 마음 하나 어쩌지 못하는 나를 벌주기도 하고, 또 그런 내가 불쌍해서 한숨도 나오니 도대체 수업에 집중할 수 없었다. 특히나 눈이라도 오는 날이면 요동치는 마음은 달랠 수가 없었다. 친구를 좋아하고, 사람 만나기를 좋아하던 내가 시계추처럼 학원과 독서실을 오가자니 마음은 점점 굳었다. 웃음이 달아나고, 말수도 급격히 줄어들었다.

한 해의 끝자락, 거리 곳곳마다 크리스마스 트리와 캐럴이 가득한 즈음에 내 인내심이 바닥을 드러냈다. 친구들이 너무 보고 싶었고, 그들과 웃고 나눴던 수다가 너무나 그리웠다. 독서실에 갇혀 죽게 될지도 모르겠다는 생각에 답답해졌을 즈음, 나는 책을 덮고 밖으로 나왔다. 그리고 친구들과 만나 인생 첫 패배감을 선물해 준 한 해를 후련하게 보냈다.

그러면서 나는 그날, 5월까지만 아르바이트를 해 보리라 결정했다. 봄을 누리며 공부할 힘을 얻으리라 결심했다. 물론 엄마 몰래 하는 것이다. 당차게 공부하겠다고 결심했으면서 몇 달 안 되어 포기하는 것처럼 생각하실까 미안했고, 무엇보다 내가 해 보고 싶은 아르바이트가 호프집이었기 때문에 반대하실 것 같았다. 친구들과 송년회를 했던 곳이 제법 큰 규모의 생맥주집이었는데 사람들 목소리와 웃음소리로 가득한 곳은 활력이 넘쳤다. 그곳에 있는 대부분의 사람들이 내 또래 젊은이들이어서인지 함께 있는 것만으로 뭔가 어떤 일이든 다 잘될 것 같고, 성공할 것 같고,

대학 입학 실패 정도는 내일을 위한 한 걸음 물러서는 정도로밖에 생각되지 않았다. 다시 무엇이든 시작할 수 있을 것 같았고, 그렇게 하기 위해서는 나의 열정과 생기를 잃어서는 안 된다고 생각했다.

나는 딱 2개월만 입시 공부를 접기로 했다. 나를 복속시키는 공간을 탈출해 재수생이란 이름표를 내려놓고 잔뜩 움츠린 마음에 기운을 좀 불어넣기로 했다. 친구들과 만난 그날, 마음 가득 채워졌던 또래의 기운을 다시 좀 불어넣고, 마음먹었다.

'여기서 주저앉지 않고 다시 일어서 꿈꿨던 길을 걸어가리라, 그렇게 '할 수 있다'는 에너지를 받으리라, 딱 두 달 동안 하고 싶은 일을 해 보고 다시 공부하리라.'

지금 생각해 보면 사실 아르바이트를 하며 답답한 마음을 좀 달래고 다시 공부를 시작하겠다는 것도 그때 아르바이트를 하고 싶었기 때문에 만들어 낸 변명일지 모른다. 공부하는 연습이 부족했던 내가 마음만으로 책상 앞에 앉아 있기란 어쩌면 불가능에 가까운 일이었을지도 모른다.

생맥주집에서 아르바이트를 하면서 재미있었던 일은 셀 수 없이 많다. 우선 나는 한 달이 못 되어 한 손에 500ml 맥주잔를 각각 세 개씩 들 수 있었다. 선배 언니가 양손에 맥주 석 잔씩 들고 테이블 사이를 춤추듯 걸어다니는 모습이 멋져서 부단히도 연습했는데 그게 된 거다. 또 30여 가지가 넘는 메뉴를 일주일도 안 되어 모두 외웠고, 가격까지도 섭렵했다. 손님들에게 무엇이 가장 맛있는지, 그 맵기 정도까지 추천할 정도가 되니 가게에서는 일 잘하는 '탐나는 알바생'이 되었다.

함께 일하는 어른들도 날 많이 예뻐해 주셨는데 주방 대장 이모님은 맛난 식자재가 있으면 메뉴에도 없는 요리를 만드셔서 영업 시작하기 전에 아르바이트생들 모두에게 먹여 주셨다. 간식으로 배부른 적도 많았다. 사장님도 아르바이트생이 출근하면 저녁 장사 전에 꼭 저녁을 먹으라고 챙기셨다. 당시만 해도 휴식 시간이나 식사 시간이 따로 정해지고, 임금계약서 뭐 이런 것도 없었던 때라 아르바이트생은 사장님과 주방 대장 이모님의 아들이고 딸이었다. 아르바이트생들끼리도 무척 가까워서 늦은 시간이면 모두들 우 몰려다니며 각자의 집에 데려다 주곤 했다.

두 달의 시간은 금세 지나갔다. 참 재미있었고 좋은 사람들에게 사랑도 많이 받았다. 그리고 덕분에 나는 5월부터 공부한다는 나와의 약속을 지킬 수 있었다. 사장님도 내가 두 달만 아르바이트 하겠다고 일을 하기 전부터 말씀드렸는데 '재미있게 놀다가 다시 공부 열심히 하라'시며 흔쾌히 채용해 주셨었기 때문에 내가 돌아갈 즈음을 이미 알고 계셨다.

아르바이트 마지막 날, 일을 마치고 내 송별 파티가 열렸다. 두

달 아르바이트생에게 송별 파티를 해 줄 만큼 마음이 넉넉한 사람들은 꼭 대학 가라는 격려와 합격하고 다시 아르바이트 오라는 당부의 말을 쏟아 냈다. 그렇게 서로를 아끼는 말이 오가고, 대장 이모님과 사장님은 자리를 떠나셨다. 어른들이 떠나시고 나를 포함해 아르바이트를 하던 친구 네 명과 매니저 오빠만 남게 되었을 때는 각자 미래에 대한 걱정과 응원이 오가며 분위기는 다시 '그래, 뭐든 될 거다!'라는 젊은이의 패기를 확인하는 것으로 정리되고 있었다. 그때 매니저 오빠가 우리의 결의를 위해 바다를 보러 가자고 제안했고 우리 모두는 순순히 길을 나선 것 같다.

밤 12시가 가까워서 차에 오른 다섯 명은 동해에서 일출을 바라보며 내일의 희망을 확인하리라 마음먹었겠지, 펄떡이는 파도 위로 떠오르는 해처럼 힘차게 용솟음하자며 결의를 다졌으리라. 그런데 그날 우리가 패기라 믿었던 것은 사실 치기였다. 12시가 지나서 떠난 강릉행은 차 안에서부터 흥겹고 소란스러웠다. 운전하는 매니저 오빠가 잠들지 않도록, 의리 없이 졸지 않기로 약속하며 노래를 불렀고, 연예인 이야기를 했고, 자신의 고등학교 시절 무용담과 실패한 첫사랑 이야기들을 맥락 없이 쏟아 냈다. 그리고 강릉 경포대에 도착해서는 누가 먼저랄 것도 없이 모래사장을 뛰어다니며 있는 대로 고함을 쳤다. 이후 7시가 조금 지나서야 해가 얼굴을 보였고 바닷물을 끓여 내며 떠올랐다. 우리들은 사뭇 진지하게 가까운 미래를 기대하고 바랐다.

그렇게 저마다 진지한 바람을 담고 다시 천안으로 올라오는 중에 우리가 탄 자동차는 맞은편에서 달려오는 차와 정면으로 충돌했다. 한참 뒤에 들은 이야기는 상대편 차가 중앙선을 넘었다고 하는데 우리 차 운전자인 매니저 오빠가 음주상태였기 때문에 처벌은 피할 수 없었단다.

나는 사고의 순간을 기억하지 못한다. 운전석 뒤에서 창문에 기댄 채 잠들어 있었기 때문인데 자동차가 폐차될 정도로 충돌했는데도 나는 그때 아팠던가 조차도 기억나지 않는다. 그대로 잠들었고 이후 깨어나니 대학병원 중환자실이었다. 정면충돌로 나는 목이 꺾였던 것 같다. 창문에 머리를 기대고 잠들었던 나는 충돌과 함께 큰 리본 머리핀이 머리를 찔러서 피를 많이 흘렸고 함께 자동차를 탔던 친구들이 그걸 보고 나를 자동차 밖으로 끌어내 119를 기다리고 있었단다. 놀라서 목이 꺾인 것도 몰랐지만 급한 대로 피 흘리는 나를 안전하게 조치한 거다. 결과적으로 친구들이 나를 움직이게 한 것은 잘못된 판단이었지만 머리에서 피 흘리는 친구를 어떻게든 살려 내려는 나름의 분투였다.

나는 척추를 다쳐서 가슴 아래와 손이 마비되었고 걸을 수 없게 됐다. 사고 소식을 듣고 병원으로 달려온 엄마는 그날 내가 죽은 줄 알았다고 하셨다. 의식도 없이 수술에 들어갔으니 깨어나지 못할 거라는 두려움이 크셨단다.

그런데 정작 나는 모든 상황이 어리둥절할 뿐 수술 후 통증이나 다른 문제 되는 곳은 없는지 등은 인지하지 못했다. 긴 시간의 수술이 끝나고 중환자실에서 눈을 떴을 때 이곳이 어디인지 몰랐고 간호사 선생님들이 오가는 모습을 보면서 알 수 있었다.

'무슨 일이 일어났구나!'

그리고 며칠 후 가족과 면회가 가능해졌고 재활훈련을 시작하게 됐다.

그런데, 지금 생각해도 참 엉뚱한 일이 있다. 내가 회복실에서 엄마와 남동생을 보고 했던 첫 말이 '새우깡이랑 포카칩 먹고 싶다.'였단다. 엄마와 남동생은 그때 무슨 생각을 했을까? 놀라고 걱정한 가족의 마음 따위는 모르고 있던 건지, 내가 생각해도 매우, 정말 순수한 아이였다, 나!

이렇게 차려 주는 밥만 먹고살 거니?

...

　단국대학교 천안병원을 거쳐 순천향대학교에서 다시 아주대학
교병원으로 이어진 나의 수술과 재활 치료 과정은 좋은 의사 선
생님과 간호사 선생님이 계셔서 어려움 없이 진행되었다.

　나는 입원해 있는 동안 휠체어를 타고 종일토록 병원 복도를
누비며 곳곳의 맛집과 특히 전망 좋은 곳을 찾아내는 일에 뛰어
났다. 커피나 과일주스가 맛있는 카페는 물론이고 입점한 빵집에
서 갓 구운 빵이 나오는 시간도 알고 있었다. 재활 치료도 열심히
받고, 약도 시간 맞춰 먹으며 선생님들은 날 '착하고 훌륭한' 환
자라고 치켜세웠다.

　특히 레지던트 1년 차 '김수아' 선생님과 친했는데 가끔 밤에 만
나서 야식을 함께 먹기도 했다. 선생님은 피곤하고 창백한 얼굴이
었지만 어디서 그렇게 힘이 나는지 늘 웃고 있었다. 체력적으로도
힘에 부치고 매일 쫓기며 일하는 걸 보면 곁에서 보는 거지만 숨
차고 벅차 보였다. 선생님은 정신력 또한 대단한 사람임에 틀림없

었다.

잊지 못할 일은 내가 퇴원하던 날 선생님은 '힘내자'고, 대학도 가고 다른 꿈도 이루자면서 내게 금팔찌를 선물하셨다. 다시 세상에 나가 이전과 다른 삶을 살게 될 나를 염려하고 응원하는 마음이 고맙고 감사했다. 선생님은 병원 밖을 나가 새 삶을 사는 일이 꽃길인 것만은 아닌 것을 아시기에 그렇게라도 나를 위로하고 싶으셨던 것 같다. 정작 나는 아무것도 모르고 있었는데도 말이다.

내가 할 수 있는 일이 적어졌다는 것은 분명 안타까웠다. 사실 병원에서는 불편함이 전혀 없었다. 수술 이후 휠체어를 타게 됐을 때에도 나는 걷지 못하는 상황에, 또, 근육이 빠져 마르고 감각이 없는 내 다리쯤은 일부러 마음에 두지 않으려고 했다. 이제 휠체어를 타야 한다면 현실을 받아들이고 잘 적응해야 한다고 마음을 굳혔다. 걸었던 때만, 빨간 양말에 예쁜 신발을 신었던 때만 생각한다면, 그리고 내 꿈을 잃었다고만 생각하면 지금은 지옥이 된다. 그렇게 매일 지낼 수는 없다. 지금 왜 그날 바다를 보러 갔는지, 왜 음주운전 차량에 탔는지, 왜 하필 사고가 날 즈음 잠들어 있었는지 등을 따지고 후회한다고 달라질 것은 없다. 나는 엄마 몰래 아르바이트를 한 것부터 거슬러 후회하고 자책해야 한다. 물론 내 잘못이 컸다. 고집스럽게 하고 싶은 것은 해야 했던 내가 밉다. 그러나 미워하고 후회한다면 현실이 바뀔까? 되돌릴 수 있을까?

장애인이 되어 슬픈 것은 아니다. 휠체어를 타는 것이 부끄러운 일도 아니다. 그러나 장애가 없던 때와 비교해 굳이 힘들고 어려운 것을 찾아내 어떤 것이 더 좋았는지 따져 보는 일은 의미도 없으려니와 시간 갉아먹기라는 거다. 뛰어다닐 수 있다면 당연히 좋다. 팔다리를 마음대로 움직여서 출근 시간을 줄이고 바쁠 때는 여러 가지 일을 동시에 할 수 있으니 참 좋다. 그러나 장애인이 되어 그걸 할 수 없다고 나쁜 것은 아니다. 굳이 남자와 여자를 비교해서 누구의 월등함을 따지는 것이 의미 없는 것처럼 장애와 비장애를 비교하여 굳이 비장애인이 장애인보다 월등하다고 따지는 것은 더 웃긴 일이 아닌가 말이다.

나는 이전에 한 번도 경험해 보지 못한 새로운 삶을 어린 아기처럼 배워 나가야 하는 현실이 그닥 흥미롭다거나 야심찬 도전 과제쯤으로 받아들여지지는 않았다. 병원에서 집으로 돌아와서도 내 짐작은 틀리지 않았다. 집에서는 병원보다 시간이 더디 흘렀다. 아침에 일어나서 엄마의 도움으로 샤워하고, 옷 갈아입고 텔레비전 앞으로 간다. 차를 한 잔 마시고 나면 밥을 먹고 이후 또 텔레비전 앞에서 시간을 보내거나, 인터넷 검색, 책을 뒤적이는 일 등으로 하루를 채웠다.

병원에서는 누구의 도움 없이 자유롭게 휠체어를 타고 다녔는데 막상 집에 돌아오니 갑자기 모든 것이 벽처럼 느껴졌다. 일단

집 밖을 나서는 것부터 문제였고, 차에 오르고 타는 일도 엄마 등에 업히지 않는다면 불가능했다. 화장실을 가거나 침대에 오르는 정도는 혼자서 가능했지만 샤워하는 것부터 재활 치료를 위해 병원에 가야 할 때는 엄마와 남동생의 도움이 꼭 있어야 했다. 게다가 병원에서는 볼 수 없던 타인, 엄마와 남동생의 일상을 보노라면 '이렇게 주는 밥이나 먹고 지내야 하나!' 눈앞이 캄캄해지고 순간 숨이 턱 막혔다. 그렇게 하루 이틀 지내다 보니 스스로 '참 쓸모없는 존재'라는 생각이 북받치기 시작했다. 점점 말이 적어졌고 표정도 어두워졌다. 엄마는 부쩍 말수가 적어진 나를 살피시면서도 내색하지 않으셨다. 애써 친구들을 방문하게도 하지 않으셨고, 평소보다 더 많이 웃거나 희망 가득한 말로 텔레비전 보는 시간을 채우지 않으셨다. 나도 말하지 않았지만 엄마의 마음을 알고 있었다.

장애인들이 타인의 시선에 상처 받고 힘들다는데 나는 나를 보면서 상처 받았다. 거의 매일 똑같이 온종일 집안에서 창밖을 보고, 밥을 먹고, 차를 마시고, 텔레비전을 보고 있었다. 덜 웃고, 덜 말하면서 밥맛도 잃었고 자연스레 몸은 점점 말랐다. 내가 아는 내가 아니어서 놀랍고 이상했고, 좀 당황했지만 그조차 의식하지 못할 만큼 일상은 멈추거나 느렸다. 어떨 때는 정지화면을 보는 듯, 사진을 보듯 거실 창문 앞에서 멍하니 밖을 내다보고 있었고, 곡명도 모르는 음악을 듣고 있었다.

그런 날이 며칠간 이어지며 더 이상 이렇게는 살 수 없다는 생각에 도달했다. 아무 일도 없이 시간이나 죽이며 주는 밥이나 먹으며 살 수는 없었다. 그렇게 살기는 싫었다. 고민은 길지 않았다. 휠체어를 타게 됐다고 해서 꿈이 바뀔 이유가 없었다. 디자이너가 되고 싶었던 꿈에 도전하기로 했다. 다시 공부를 시작하기로 했다. 사실 병원에 있는 동안 내 목표는 휠체어에 익숙해지는 거였다. 휠체어를 발처럼 자유자재로 탈 수 있어야 했고, 그렇게 하기 위해 팔 힘도 길러야 했다. 의자에 오래 앉아 있기 위해서 허리 근육 재활 치료도 열심히 했다. 연필을 쥐기 조차 어려운 오른손에 힘을 넣기 위해서 열심히, 또 열심히 움직였다. 그 과정이 결코 쉽지 않았지만 나는 어렵고 힘들다는 생각이나 감정을 외면하기로 했다.

'그럼 어쩌겠는가, 지금 내가 할 수 있는 최선은 이 모든 현실과 매일 하는 치료에 적응하고 집중하는 거다.'

생각하고 나를 달랬다. 거듭 잊지 않기로 자주 상기했다.

열심히 재활 치료해서 조금이라도 현재보다 더 좋아질 수 있다면, 젓가락을 쥐고, 아님 포크로라도 내 손으로 음식을 먹을 수 있을 정도가 되자고 결심하고 열심히 치료했다. 병원에서의 목표는 장애인으로 사는 걸음마를 익숙하게 하는 것이었다. 그리고 퇴원해서는 다른 과제가 생긴 것이다. 깜박 잊고 있었지만 이제

병원이 아닌 장애인으로 살아야 하는 세상에 나왔으니 이 현실에서 당면한 또 다른 과제가 생겼다. 나는 병원에서처럼 또 한 번의 목표를 세워야 했다.

엄마에게 다시 대학 입시 공부를 하겠다고 말씀드렸다. 엄마는 여러 차례 캐묻지도 않으셨고, 할 수 있을까 염려도 길지 않으셨다. 할 수 있겠냐고 물으셨다. 하고 싶냐고 물으셨다. 그렇다고, 하고 싶다고 꼭 꿈을 이루고 싶다고 말했다. 엄마는 그럼 해 보라고, 해 보자고 말씀하셨다. 나는 다시 한 번 대학 입학 준비에 돌입했다. 이전처럼 독서실에 가서 공부하지는 않았지만 시간을 정해 책상 앞에 앉았다. 그리고 실기 공부도 함께 시작했다.

나는 첫걸음을 제대로 시작하고 싶었다. 탄탄하게 기초를 다지기 위해서 미술 선생님을 알아보고 집중적인 지도를 받아 어느 정도 미술 기초 실력 정도가 되면 학원을 다니기로 계획했다. 마음을 먹고, 엄마의 허락과 동의, 지원도 약속 받았으니 이제는 실천이었다. 사촌 여동생과 친구가 미대 입시를 준비하고 있다는 걸 듣고 나와 함께 선생님을 모시고 지도받자고 제안했다. 세 명의 학생이 모였고, 곧장 선생님을 우리 집으로 모셨다. 열심히 배워서 기초를 다지면 정식으로 회화 공부를 할 수 있는 학원에 가기로 준비했다. 당연히 나는 두 친구들보다 많이 늦었고, 붓을 쥐기 어려웠으며 채색도 쉽지 않았다. 드로잉조차 몇 배의 시간이 필요해서 온몸이 아프지 않은 곳이 없었다.

그렇게 1년을 준비했을 때 드디어 천안에 엘리베이터가 있는 새 건물 7층에 미술학원이 생겼다. 나는 그곳의 첫 번째 수강생이 되었고 꼬박 4년을 학원에 다니며 공부했다. 선생님도 참 좋으셨고, 함께 공부하는 친구들도 밝고 순수했고 성실했다.

나는 처음부터 시작할 거라고 생각했기 때문에 당장 실력이 늘지 않는 것에 조급해하지 않았다. 매일 학원에 출석하고, 그날 목표한 만큼 작품을 완성하기 위해 힘을 쏟았다. 열심히 그리고, 또 그렸다. 작품 망쳤던 기억은 셀 수 없이 많았고, 그보다 한 작품을 완성하는데 어마어마한 시간이 소요됐다. 그렇게 몇 년의 시간을 가꾸고 2005년, 나는 백석대학교 시각디자인과 신입생이 되었다. 신설 학과의 첫 신입생이 된 것이다.

그래, 또 다른 시작이다

...

1998년 교통사고 이후 내게 크고 작은 변화가 많았다. 그림 공부를 다시 시작하면서 매일 같은 날인 것 같았지만, 그 매일은 다 달랐다. 작품 활동을 꾸준하게 하셨던 미술학원 원장님과 전시회도 많이 다니며 여러 작가의 세상을 보는 '눈'을 관찰했고, 그 시선에 내 의견을 담아서 선생님과 이야기도 나눴다. 그 과정에서 미술과 관련한 많은 분들을 만났고, 창작에 대한 철학과 감상의 여러 길과 방법도 알 수 있었다.

그렇게 지내며 2005년이 특별한 한 해였던 것은 대학 입학으로 또 새로운 매일을 살게 될 거란 기대와 함께 생애 첫 전시를 한 일이다. 대전에 있는 에스닷갤러리에서 '에스닷기획_꾸미피어전'이란 제목으로 내 생애 첫 전시가 있었다.

나는 '희망'이란 제목의 20호 크기 유화를 전시했다. 나의 작품이 세상과 만나는 첫 전시였다. 그즈음 인터넷에서 발견한 사진을 보고 그렸던 작품인데 지금 다시 보아도 나를 가장 잘 표현

할 수 있는 그림인 것 같다. 작품이라는 이름으로 처음 만난 내 그림에 담긴 그때의 설렘과 긴장, 약간의 두려움이 밝은 한낮의 햇살 속에 숨어 있는 것을 한눈에 알아볼 수 있다.

보지 못했지만 하늘은 분명 푸르렀을 것이다. 가끔 얼굴을 보이는 구름이 뭉게뭉게 몸피를 부풀려 살포시 뛰어와서는 부끄러운 듯 다시 날아가는 그런 귀엽고 포실한 구름 덩이 몇이 웃고 또 웃느라 제 아래를 볼 새 없이 바람에 밀려가는 오전 11시경의 6월 초 어느 날이었을 거다. 사진 속 내 눈을 사로잡은 장미는 꼭 그맘때쯤 피었으리라. 한껏 푸르름을 배경 삼아 더 한껏 풍만한 장미는 복스럽고 탐스러웠다.

서유럽의 어느 마을을 지나던 이는 꼭 이 모습을 보려고 길을 나선 것은 아니었을 거다. 그러나 봄과 여름이 손잡은 즈음, 한창 초록을 배경 삼은 장미의 웃음을 보며 숨길 수도 없고, 다스릴 수도 없는 설렘에 걸음을 멈췄을 것이다, 마음을 빼앗겼을 것이다, 발이 붙들렸을 것이다. 그리고 저절로 눈에 담긴 그것을 카메라에 담았겠지.

나 또한 인터넷에서 만난 이국적 풍경에 사진을 찍은 사람과 똑같이 마음을 빼앗겼고, 그와 똑같이 차오르는 웃음에 가슴이 요동쳤다. 화면 속 밝고 맑은 하늘과 공기, 온 우주의 기운은 골목길에 가득했다. 그리고 골목에 가득 찼을 사람들의 웃음과 들뜬, 너그럽고 평온한 목소리와 햇살을 흠뻑 받아 내며 선 흰 벽

데뷔작 에스닷기획 꾸미피어전 / 희망(20호) oil on canvas 2005

은 마음 좋은 아저씨의 대머리 마냥 빛나고 있었다. 낡은 듯 보이는 나무 현관은 지나가는 이들의 관심과 호기심쯤 너그럽게 받아주는 여유를 보이며 덤덤하게 닫혀 있다. 시간을 두려워하지 않는 나무 대문의 얕고 깊은 골은 나이듦의 지혜를 가르친다. 무엇이든 강제로 쥘 수 없다는 당연한 진리가 새삼 감동적인 것은 화면을 보고 있는 나도 부인할 수 없는, 꼭 쥐고 놓지 않으려던 발버둥을 깨달은 때문일 것이다.

나는 화면에서 장미의 화려함에 눈을 빼앗기다 이를 만든 흰 벽과 고요한 골목길, 밝게 빛나는 햇살의 의미를 만나기 시작했다. 장미가 아름다운 것은 순결하게 붉은 장미를 돋보이려는 겸손한 푸른 하늘의 미덕이었고, 온전히 붉어 순수한 장미를 칭찬하는 덤덤한 흰 벽의 공로였다. 그들은 이때, 장미의 빛남을 응원하고, 어우러짐의 아름다움을 기억하고 재현하겠다는, 더욱 아름다운 장미의 계절을 구상하는 희망을 품고 있었다. 누구든 감동하고, 무엇이든 설레는 희망이 화면 가득했다.

이제 막 작가로 시작하는 나는 기대했고, 확신했다.

'나의 미래도 온 우주의 기운이 모여 온전한 열정과 기쁨으로 가득하리라.'

전시회장이 이끈 걸음

...

첫 전시회는 성당에서 만난 분의 제안이었다.

엄마와 나를 성당으로 초대해 주신 대모님(지금은 돌아가셨지만 이웃해 사시며 늘 따뜻한 마음과 웃음을 담뿍 주셨던 할머니, 대모님이 그립다) 덕분에 미사를 드리며 여러 형제, 자매님을 만날 수 있었는데 그중에 갤러리를 운영하시는 분이 있었다. 내가 창작하는 것을 아시고 집에 오셔서 작품도 보셨다.

그리고 생애 첫 전시가 있었는데, 전시에서 작품을 본 또 다른 분이 두 번째 전시를 제안하셨다. 여주교도소 내 갤러리였다. 교도관들과 수감된 사람들을 면회 온 가족이나 친구들이 작품을 감상하는 기회가 있다는 것이 참 반가운 일이었고, 내가 작품을 하면서 느낀 희망을 그들도 함께 체험할 수 있다면 좋겠다는 바람으로 두 번째 전시를 준비했었다.

두 번째 개인전은 여주교도소 민원봉사실 내 나눔갤러리였다.

내 전시가 제26차라니 그동안 꾸준하게 전시가 진행됐던 것 같다. 전시 주제는 'Soul'로 결정했다. 나는 물론이거니와 교도소 안의 사람들도 내 작품을 통해서 뭔가 영혼의 울림 같은 것을 느낄 수 있다면 좋겠다고 생각했다. 전시를 앞두고 지역 신문에 기사가 나기도 했는데 지금 보니 내 표정이 참 밝고 예쁘다.

나는 어쩜 그리 매일 기쁜지, 웃는 날이 많다는 것은 사실 하루하루 행복과 평안을 바라는 씨앗 뿌리기라 믿었는데 지금 자료와 사진 등을 정리하며 보노라니 매일매일 뿌린 씨앗이 며칠 기다릴 새도 없이 곧장 싹을 틔우고, 꽃을 피워 낸 것 같다. 누구에게든 감사한 일이다.

> "세상 모든 사람들이 편견 없이 행복하게 살았으면 좋겠습니다. 그리고 한순간의 실수로 교도소에 수감된 수용자들도 언젠가는 우리 곁으로 돌아올 이웃이므로 따뜻하게 감싸 주어 새로운 삶을 살 수 있게 해 주면 좋겠습니다."
>
> _『여주신문』 2011. 3. 28.

신문사 인터뷰에서 했던 말이다.

뭐 그냥 평범하고 개성 없는 예쁜 말로 보이기도 하는데(실제 그때도 특별한 마음으로 소감을 말했던 것 같진 않다) 십 년이 훨씬 지나 다시 보니 조금 뭉클하다.

우리 모두는 '언젠가는' 곁에 있을 이웃이다. 그 이웃 덕분에, 그 이웃이 곁에 있어서 따뜻하고 행복할 수 있다는 건 우리가 행복한 수많은 이유를 찾아 다다르는 것이 결국 '사람'이라는 것을 거듭 생각하게 한다.

'교도소를 오고 간 수많은 사람들의 저마다의 사연과 그 안에 담긴 상처와 슬픔이 그때 내 작품을 통해서 조금이나마 위로가 되었다면, 위로받을 수 있었기를.'

눈에 담긴 눈-시선을 좇다

...

따뜻하고 온화한 풍경을 사랑한다. 고요하고 맑은 목소리를 좋아한다. 예민함을 쫓아 버리는 아침나절 생활 소음은 친근하고 편안하다. 그런 매일은 온전한 시간의 풍경이다.

꽃과 나무를 그리면서 대상의 몸피에서 느껴지는 질감을 표현하는데 집중했다. 내가 본 대상의 실체를, 눈에 담은 존재를 에두른 공간과 장소의 분위기와 이를 본 찰나의 감정을 다시 보고, 만지고 싶었다. 간직하고 싶었다. 그리고 사람들에게 내가 본 세상과 그때의 분위기를 온전하게 전달하고 싶었다.

꽃은 풍요했다. 활짝 핀 장미는 느긋하고 풍만해 보였다. 너그럽고 인정 많은 웃음은 햇살보다 밝고 따뜻했다. 장미의 아름다움은 까슬하고 예민하지 않아서 함부로 웃거나 좋아해도 용서할 것 같았다. 나무도 그랬다. 뿌리를 내린 그동안의 시간을 뭉텅이로 끌어안은 우직함의 마음결이 보드라워서 좋았다. 간혹 호들

갑스럽게 소란을 만든다고 해도 싱긋 웃음의 꼬리를 잡은 고요를 선택할 거라 믿겨졌다. 내가 본 꽃과 나무는 그랬다. 내가 본 숲의 온기와 물소리의 정다움은 맑은 햇살 아래 넉넉했다.

그 풍경을 바라보는 나의 눈은, 그때의 나의 눈은 무엇을 말하고 있었을까? 꽃과 나무와 숲과 바람을 담은 내 눈은 또 어떤 말을 하고 싶었을까? 내 눈에 담긴 세상을 보는 나는 세상을 보는 내 눈을 볼 수 있어서, 어떻게 세상을 바라보는지, 어떻게 세상을 보아야 하는지 새삼 마음을 새롭게 할 수 있었다.

눈은 하늘을 담고, 바람을 담고, 내 마음의 바람도 담는다. 그리고 나는 캔버스에 이 모두를 담는다. 캔버스에서 내 눈을 만나게 될 사람들은 내 눈에서 무엇을 볼까? 눈에 담긴 무엇을 볼까, 그들은 그 눈에 어떤 바람을 담을까, 자신의 눈에 담긴 세상은 어떤 감정과 바람을 안고 담겼을까?

눈은 보이는, 또 그 너머의 보이지 않는 것을 담는다.
보이지 않는 것은 꿈이기도 하고 꿈이 아니기도 하다.
순간이기도 하고 영원이기도 하다.

나는 붓으로 채색하지 않는다. 오른손에 힘이 없기 때문에 왼손으로 힘을 보태 붓을 쥐고 색을 칠한다고 해도 만족할 만한 발색을 기대하기 어렵다. 게다가 섬세한 부분을 칠할 때는 온몸이 근육통을 앓는 지경이었다. 오른손에 집중해서 붓을 쥐고 색을 칠하기 위해서 노력해 본 것도 사실이지만 내가 기대하는 색이나 명암이 드러나지 않았다. 화가 났고 답답했다. 채색은 드로잉과 달리 거듭 내 손의 장애를 확인시켰고, 자꾸 '네 잘못이야.' 말하는 것 같았다.

'내가 재활을 위해서 그림을 그리는 게 아닌데 굳이 나에게 실망하며 이렇게 연습할 일은 아니다!'

그랬다, 내게는 오른손으로 할 수 있었던 일을 다시 할 수 있어야 하는 숙제가 없다. 나는 창작자이다. 다른 소재, 다른 방식으로 창작할 수 있다. 다른 채색 방식을 선택할 수 있었다. 그러니 힘이 없어 붓을 쥘 수 없는 오른손이 문제가 될 수 없다. 할 수 있는 방법이 있고, 내 오른손이 해낼 수 있다면 대상에 대한 나의 관찰을, 대상을 바라보는 내 인식을 캔버스에 옮기면 된다. 이러한 방식으로 구현된 세상은 나뿐만 아니라 다른 사람들도 좋아할 수 있다. 나의 채색 방식이 작품을 감상하는 이들에게는 새로운 아이디어와 추억을 불러낼 수 있을 것이다.

내가 선택한 채색 방식은 물감 나이프로 색을 덧칠하는 것이었다. 나이프를 쥐고 팔레트에 덜어 낸 색을 떠 캔버스에 옮겨 색을 쌓고, 퍼트리거나 두께감을 표현하기 위해서 여러 차례 덧바르는 형식으로 색을 입힌다. 그야말로 아이에게 옷을 입히듯 차곡차곡

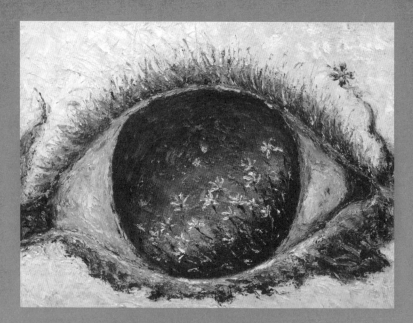

déréglé horloge 1(65.1×50.0cm) oil on canvas

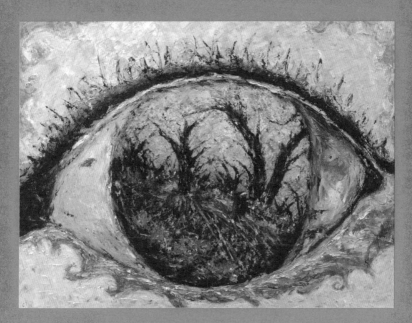

dérèglé horloge 3(65,1×50,0cm) oil on canvas

색을 입힌다. 아이에게 이 옷 저 옷을 입혀 보며 가장 잘 어울리는 옷을 찾아내는 것처럼 재미있는 것은 색을 덧입힐 때 색이 자유자재로 변화하는 것이다.

그 색은 다르고 또 같거나 달라지는 등 내가 예측할 수 없던 빛깔로 변하고 춤을 췄다. 덧칠할 때마다 지금까지 만날 수 없었던 색이 드러났다. 마음에 드는 색이 아니어서, 생각하는 질감이 아닐 때는 다른 색을 다시 입혀 보고, 예상하지 못했던 빛을, 색을 만났다. 그 과정이 너무 신나고 재미있다. 색을 덧입히면서 색의 밀도감도 달라졌고, 질감은 더 생생해졌다.

내가 바라본 대상에서 느낀 감정이 색을 덧입으며 제 모습을 갖췄고 그대로 또 다른 감정을 자극했다. 심심할 틈 없는 보물찾기처럼 색은 나를 유혹한다. 찾으려고 하면 할수록 더 깊숙이, 뜨끈하게 나를 유혹했다.

색은 채색하는 나를 멈춰 세우지 않았다. 나를 멈추게 안 했다. 하루의 정해 놓은 시간을 훌쩍 넘겨 작업하느라 온몸이 박제된 듯 굳었던 밤과 아침이면 삐걱대며 일어난 매일은 어쩌면 빛나는 훈장일 수도 있었다.

숲, 의자, 새

...

가만히, 그리고 한참 꽃을 들여다보면 마음이 정돈된다. 떨림은 평안해지고 설렘은 점잖아진다. 그리고 활짝 핀 꽃송이에서 덩굴로 옮겨지는 눈길의 차분한 걸음을 따라 숲을 걷는다, 고요를 걷는다. 둥지에 맑고 밝은 햇살이 포근하게 내려앉은 듯 오롯이 제 모습을 드러낸 순진한 숲의 한가운데에 다다르면 의자가 있다. 폭신한 소파가 있다. 햇살은 의자 한가운데에 욕심 없이 내려앉았지만 가끔은 뒤로, 또 옆으로 비껴서 의자를 주인공으로 만들고 있다.

2017년 작품 'at the forest' 시리즈는 자연의 빛과 색에 매료되었던 그간의 작업 연장선에서 창작되었다. 하루가 다르게 발전하는 뉴미디어와 세속적인 세상에 지친 사람들의 눈에게 '쉼'을 주는 휴식처가 되어 줄 수 있는 작품을 구상하여 탄생한 작품이 나무 숲+소파+새+눈(eyes)+꽃밭이었다. 꽃밭은 카펫이 되어 주었

at the forest 1(116,8×91,0cm) oil on canvas 2017

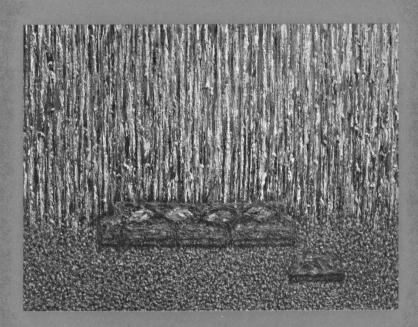

at the forest 4(90.9×65.1cm) oil on canvas 2017

으며 새는 마음을 치유하는 음악과도 같은 존재로 편안함을 선물했다.

그림을 시작하고 보이는 것들이 모두 시선을 빼앗았다. 특별히 꽃과 나무에 내 눈과 마음이 정주했던 것 같은데 우선은 보이는 아름다움에 매료되었다가 나를 붙잡는 정서에 한참을 붙들렸다. 바라보는 대상이 주는 안정감과 편안함이란 느낌이 아니라 고요 속에서 나를 응시하는 꽃과 나무와 바람과 그것들이 빚은 분위기가 말을 걸어오는 듯했다. 누구든 거기에 앉아 가만히 둘러보노라면 금세 눈물이 또르르 흘러내릴지도 모르겠다.

몰랐다. 어떤 것을 목적하고 특별한 의미를 만들고 싶어서였던 것은 아니다. 작품을 시작하고서 지금까지 내 작품에 등장하는 주인공은 의자와 새였다. 관람객들은 물론이고, 큐레이터와 디렉터 등도 새와 의자의 의미를 궁금해하고 저마다 해석하셨다.

포란을 거쳐 태어난 작은 생명을 돌보는 어미새의 모성이야말로 눈물겹다는 해석은 약하고 작은 생명의, 더 작고 약한 생명에 대한 의연한 돌봄의 아름다움을 이야기한다. 작고 약한 것이 보여 주는 헌신과 희생은 그것이 약한 존재라는데 더 큰 울림을 만든다. 약하고 작은 것의 돌봄의 의지와 헌신은 생각하면 얼마나 보잘것없는 것인가. 지켜 주기 어려울 것 같은 존재가 발현하는 사랑은 얼마나 기대에 미치지 못하는가 말이다. 그럼에도 그 모습이 숭고하게까지 느껴지는 것은 힘에 부칠 지켜 냄의 의지가 그

작은 몸체보다, 몸체의 여린 속성보다 강렬하기 때문이다. 새끼를 지켜 내려는 작고 약한 것의 몸부림은 처절하여 아름답다.

이러한 해석은 내 곁에서 절대적인 조력자 역할을 해 주시는 엄마와 보살핌 받는 나로 연결되어 해석되기도 한다. 그리고 휠체어를 타서 온갖 불편하고 어려운 일을 엄마에게 도움받아야 하는 내 상황에 종착한다. 물론 설득력 있는 해석이다. 해석을 읽고 나면 나 또한 공감하게 된다. 그렇다. 나는 어미새 곁에서 팔락팔락 뛰어다니고, 콕콕 찍어 가며 무엇인가 살피고, 당장 겁먹고 쪼르르 다시 엄마 품으로 달려드는 아기새 같은 존재이기는 하다. 엄마가 없다면 할 수 있는 일은 작업할 때 뿐인 것 같다.

또 다른 해석은 작가가 스스로 어미새의 도움을 간곡히 기대하고, 필요로 생각하고 있는 것 같다거나 장애작가인 작가의 무의식의 드러나는 것으로 위축감, 연약함 등이 발견된다는 것이다.

이 모두는 대단히 흥미로운 해석이다. 정작 창작자인 나조차 그런 의식이나 목적 없이 작업을 했기 때문이다. 특별히 의도한 바 없이 작품의 주제를 선정했다. '아름답다'고 생각한 순간의 대상을 소재로 삼거나, 대상에서 받은 아름다움의 인식을 펼쳐 내려는 의도로 작업을 했던 것 같다. 그리고 풍경이나 풍경을 바라본 감상이 캔버스에 재현될 때는 어김없이 새가 있었던 것 같다. 그 새는 누구였을까? 그 새는 어떤 의미였을까?

고등학교 때 최인훈의 소설 〈광장〉을 읽었다. 대입 시험에도 출

at the forest 9(116.8×91.0cm) oil on canvas 2017

at the forest 8(53.0×40.9cm) Oil on canvas 2017

제되는 빈도가 있던 작품이라 꼼꼼히 해석하며 읽고, 공부했던 것 같은데 그 소설을 보면 주인공 '이명준'이 사회주의자였던 아버지 때문에 남쪽에서는 감시의 대상이 되었고, 이를 견디지 못해 월북한 이후에는 당의 선전선동에 복종해야 하는 현실 속에서 괴로워한다. 그가 6.25전쟁에 참전하고 이후 포로가 되어 제3국을 선택하는 것은 남쪽에서도 북쪽에서도 광장을 만날 수 없었기 때문이었다. 누구든 자유롭게 자신의 생각을 말하고 소통하는 광장의 부재가 그의 선택을 남과 북도 아닌 다른 곳으로 결정하게 한 것이다. 많은 사람들이 알고 있듯 그는 타고르호를 타고 이동하던 중 바다에 빠져 죽게 되는데, 배 위에서 갈매기를 보고 사랑했던 연인을 생각한다. 한 번도 만나지 못한 자신의 아이를 생각한다. 갈매기의 나란한 비행을 보면서 그는 세상 어디에도 존재하지 않을 것 같은 광장을 죽음을 통해 만날 수 있을 거라 기대했을 수 있다. 아니 광장이 존재하지 않는다고 생각했을지도 모른다.

소설의 주인공 명준은 광장에서 자신의 생각을 자유롭게 말하고, 누구에게도 구속되지 않고 자유롭게 사고하고 행동할 수 있기를 기대했을 것이다. 소설 속 갈매기는 이명준의 자유이고, 만날 수 없는 아내와 딸의 상징이었다.

'내 작품 속 갈매기, 닭, 딱새, 물떼새는 무엇을 상징하고, 어떤 의미를 가지고 있을까?'

평론가들의 해석처럼 아름다운 풍경 속에서 고요와 평안을 마음껏 누리는 새, 곧 작가인 내 모습 또는 자아의 출연일 수도 있다. 안정된 공간 속에서도 어미 곁에 붙어선 아기새, 곧 내 모습일 수 있다. 내가 그렇고, 내 마음이 그러했을 수 있겠다. 작품 속에 나를 투영하거나, 바람을 담으려 노력한 것은 아니지만 작업을 하는 일련의 과정은 곧 나를 들여다보는, 나와 마주하는 시간이었을 것이다.

각인, 정지된 시간

...

　오직 색이 보여 주는 다채로운 색깔에 빠져 물감을 덧입히고, 파헤치고, 부딪치는 일을 탐닉하고 그 과정에 몰입했던 나는 정작 작품의 주제를 의식하고 있지 못했던 것 같다. 이 사실이 너무나 흥미롭고, 또 놀라워서 나는 관람객이 되어 작품을 다시 보았고, 작품에 속 이야기를 찾으려 했던 것 같다. 이야기를 읽어 내려 했던 것 같다.

　작업을 구상할 당시 나를 사로잡고, 압도했던 풍광들을 캔버스에 옮겨 놓는데 집중하면 어느새 한쪽 귀퉁이에, 또는 한가운데에 자리한 새를 만나게 된다. 간직하고 싶은 현실, 꿈인 것 같은 현실을 붙들어 앉히는 일련의 과정은 많은 시간이 필요해도 내게는 하나의 장면이고 강렬한 기억이기 때문에 흐름이나 단절은 없었다. 눈에 담긴 풍경이 주는 이미지와 그때의 정념을 잊지 않겠다는 노력은 악착같이 내 기억에 붙들렸고, 생각을 붙든 기억만큼 긴 동작이 반복되는 손의 움직임은 느긋하지만 놓치지 않고 그때 그 장소, 그 분위기와 그 속에서 솟구친 정념을 담아내고, 표현했다.

마침내 마주한 새는 늠름하고 결연한 의지의 눈동자를 보여 주는가 하면, 털 하나하나를 세워 가며 도전과 지치지 않을 용기를 믿어 보라 과시하는 듯했다. 어떤 그림에서는 현재에 대한 무연한 시선이 느껴졌고, 또 다른 그림에서는 숲에 묻히고 풍경에 묻혀 고요를 만드는, 아득한 시간의 얼굴을 만날 수 있었다.

새는 그렇게 가까이서 또 내 시선을 밖으로 끌어내고 당기며 눈동자를 통해 생각을 말하고, 감정을 이야기하는 듯했다. 특정한 곳에 집중하지 않는 눈동자는 말하지 않은 추억과 묻고 갈 비밀을 담아내며 처연한 울음을 빚고 있었다.

그랬다. 나는 가늠할 수 없는 숲의 끝과 바다의 끝과 산의 끝을 상상했다. 닿을 수 없는 곳에서 시작되는 새로운 세계를 상상했다. 무연하게 바다를 바라보는 갈매기는 곧 나였고, 초록빛 창연한 숲속에 선 새 또한 나였다. 나는 평안하고 고요한 곳에서 다른 고요와 평안을 좇았다. 지금의 강력한 인상과 이미지, 분위기의 낯섦이 채 가시기 전에 다시 또 이곳의 분위기와 주제를 담은 작품을 만들어 낸다. 숲속 한 곳에 놓인 소파에서 또 다른 순간을 생각했을 거다. 그러고 보니 지금, 이곳의 강력한 인상과 강인한 울림은 살아 내는 이들을 향한 사랑이었다.

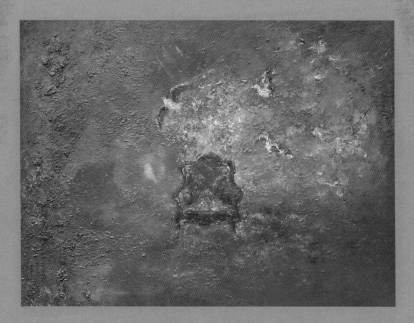

at the Normandie 4(53.0×40.9cm) Oil on canvas

at the Normandie 7(65.1×50.0cm) Oil on canvas 2023

화가라면 한 번쯤 프랑스에서. 그래, 프랑스 전시다

...

고등학교 동창 중에 프랑스에서 성악을 공부하는 친구가 있었다. 동창이기는 하지만 완전 친한 친구라 하기에는 좀 서먹했는데, 사고 이후 미술을 공부하고 있을 때 자주 만나던 고등학교 친구들과의 모임에서 만나게 되었다. 졸업 이후는 처음이었으니까 어른이 된 모습이 대견하고 멋졌다. 친구는 내가 그림을 하고 있다고 근황을 알려 주자 파리에서의 전시를 제안했다.

"예술을 한다면 파리에서 한 번 전시해야 하는 거 아냐?"

친구는 장난스럽게 말했지만 그렇게 말하는 친구가 당당해 보이는 게 좀 샘났다. 나는 몇 차례 개인전을 하면서도 프랑스나 해외에서의 전시는 생각해 보지 않았기 때문이다. 왜 그런 생각을 못했는지 모르겠지만, 지금 생각해 보면 그림을 그릴 수 있게 된 것만으로도 스스로 내게 감동했던 것 같다. 손가락에 힘이 없어

글씨를 쓰는 것도 안 되고, 휠체어를 타는 바람에 걸을 수도 없었던 내가 그림을 그리게 되었다는 사실이 얼마나 감동적인가 말이다. 엄마는 나의 엉뚱 발랄하고, 센 고집이 날 살렸다고 말씀하시는데 친구가 장난처럼 한 말에 머리를 쿵 맞은 듯 얼떨떨했던 걸(어쩌면 친구의 말은 정말 장난이었을 수도 있다) 생각하면 나의 엉뚱 발랄함도 그렇게 뱃심 두둑했던 건 아니었던 것 같다.

해외 전시라… 생각하면 어마어마한 일인데 친구는 어쩜 이렇게 쉽게 이야기한단 말인가. 나는 갑자기 숨이 턱 막혔고 뭔가 뜨거운 것이 쑥 내려가는지 치솟아 오르는지 여하튼 뜨거운 무엇이 치밀었다. 그러고 나답고 나다운, 내가 좋아하는 나다운 의식이 고개를 번쩍 들었다. 그래도 선뜻 용기는 나지 않아서 입밖으로 나온 말은 좀 시시했다.

"어떻게… 하지…?"
"그냥 하면 되지."

프랑스에서 성악 공부를 하는 친구에게 해외 전시는 그렇게 특별한 도전은 아니었던 것 같다. 아니면 내게 용기를 주려는 것인지도 모른다. 그때 친구의 제안이 어떤 것에서 나온 것이든 나는 친구의 '그냥 하지'란 말에 믿기 어려울 만큼 순식간에 에너지가 차오르는 것을 느꼈다. 새로운 일에 도전하는 것이라면 누구보다 즐기고 자신 있었던 내가 드디어 제 모습을 찾은 거다.

"좋아! 그럼 네가 날 좀 도와줘."

순식간에 또랑또랑한 목소리로 눈을 반짝이며 말하는 내 모습에 나도 조금 놀랐는데 주변 친구들 모두 '우와!' 소리와 함께 자신 있냐고, 할 수 있겠냐고 걱정하고 또 응원했다. 할 수 있을 것 같았다. 할 수 있을 것 같다는 생각과 믿음이 생기니 일은 일사천리로 진행되었다.

프랑스로 돌아간 친구와 문자와 메일로 소통하며 전시기획과 일정 조율을 시작했다. 친구의 성악 발표와 내 그림 전시를 함께 진행하는 방식으로 전시를 구성했고 한 장소를 대관했다. 나는 공간 사진을 전송받아 그림이 걸릴 벽면을 살펴본 후 전시할 작품을 선별했다.

큰 작품은 미리 항공우편으로 보내고, 좀 작은 것들은 직접 가져가기로 했다. 기왕에 프랑스까지 간다면 이탈리아 비엔날레까지가 보기로 계획하고 엄마와 일정을 맞췄다. 이제 첫걸음을 시작했으니 매년 프랑스 전시와 함께 유럽 다른 나라에서의 전시까지 계획하고, 가능하다면 갤러리와의 계약까지 염두하고 만반의 준비를 했다. 그동안 했던 전시 브로슈어와 포트폴리오를 준비하면서 무엇보다 당당하고 기쁘게 전시를 즐기고, 사람들을 만나자고 마음먹었다.

드디어 유럽 대륙에 도전을 시작했다. 캔버스와 나이프가 또 한 번 제 몫을 해낼 세계를 만나게 되었다, 설렌다.

백지은, 프랑스를 굴리다

...

프랑스와 이탈리아에서 머물 숙소를 결정하고 친구와 공항에서 만날 장소까지 약속하고서도 출국 전날까지 가져가는 작품 포장을 거듭 확인하느라 거의 뜬눈으로 밤을 보내고 비행기에 올랐다. 함께 가는 엄마도 적잖이 긴장하셨던 탓인지 비상약을 챙기고 찜질팩 등 이것저것을 쌌다 풀었다 하길 여러 차례 반복하셨다. 그것만으로도 엄마가 어느 정도 긴장했는지를 잘 알겠는데 엄마는 애써 태연하셨던 것 같다.

왜 아니 그렇겠는가, 엄마는 사고 이후 휠체어에 앉은 내게 '친구들과 나가 놀아라', '가고 싶은 곳이 있다면 가 보라'시며 내가 '할 수 없다'고 체념할까 염려하셨더랬다. 정작 내가 어릴 적에는 한 고집 하고 지는 것 싫어하는 성격을 걱정하셨으면서도 사고 이후에는 달라지지 않을까 마음을 놓지 못하셨던 것 같다. 여하튼 엄마는 여지없이 프랑스에서도, 이탈리아에서도 내 손과 발이 되어 주셔야 했다.

2017년 10월, 가을의 아름다움이 한껏 콧대 높은 때 단풍을 기대하는 마음으로 프랑스에 도착했다. 최선을 다해 빛을 끌어낸 단풍만큼 내 작품 또한 최선을 다해 제 빛을 보여 줄 거란 기대와 바람은 조금 접어 두고 작가로서의 중요한 변화를 덤덤하게 맞기로 했다.

 14시간여 비행을 마치고 드디어 프랑스 공항에 내렸을 때는 오후의 나른함이 가득한 때였다. 집에서부터 공항에 도착해 수속을 하고 비행하여 도착해 입국 수속을 거친 후 친구를 만났을 때는 거의 하루를 꼬박 보낸 셈이었다. 피곤하고 온몸이 굳어 버리는 듯한 고통도 있었지만 나보다는 엄마가 더 걱정이었다. 물론 엄마는 내 보호자로 언제나처럼 생기를 잃지 않으셨지만 말이다.

 공항에서 친구를 만나고 곧장 예약해 둔 전시장으로 갔다. 숙소로 곧장 가고 싶었지만 당장 다음 날부터 전시가 시작된다고 생각하니 마음이 몸을 부축했다. 걱정도 됐지만 사실 설렘과 기대가 컸다. 친구도 성악 발표와 내 작품 전시가 함께 진행되는 전시회 기획이 좋았노라며 대관한 전시장으로 가는 내내 자신과 나의 의기투합에 만족했다. 또, 주변 반응을 들어보니 찾는 사람이 많을 거라며 좋아했다. 공연과 전시가 진행될 곳도 오가는 사람들이 많고, 문화 관련 상가도 많은 주변 환경을 생각했다면서 심사숙고하여 장소를 선택했노라 자신만만했다.

 그런데 아뿔싸! 도착하고 보니 전시장이 2층이었다.

친구는 그제서야 문제를 알았던 것 같다. 친구는 2층 계단 앞에 선 순간 얼굴이 울그락불그락하더니 어찌할 바를 몰랐다. 엄마는 친구의 얼굴을 보셨는지 괜찮다고, 지은이 내가 업어서 올라가면 된다고, 여러 차례 그렇게 했었다고, 괜찮다고 친구를 안심시키려 애쓰셨다. 정말 미안해하는 친구에게 '괜찮다고, 다른 좋은 일이 생길 징조라고!' 웃으며 안심시켰다.

파리에서 혼자 모든 것을 준비하는 동안 어려움이 한두 가지였겠는가. 발표할 작품도 연습했어야 하고, 주변인에게도 홍보하고, 나와 엄마의 숙소를 알아봐 주는 일과 프랑스 문화예술 관련 정보도 메모해 주고. 많이 힘들었을 거다. 자신의 발표곡 연습만으로도 힘들었을 텐데 성악곡과 그림 전시까지 함께 고민하며 장소를 물색했으니 파리 시내 여러 곳을 찾아다닌 발품을 생각하면 고맙고 또 고마웠다.

노래와 그림이 함께 있는 공연과 전시를 기획하고 준비하는 모든 과정에 아이디어 회의는 함께했지만 정작 실재 공간과 주변 분위기, 환경 등을 살피고, 결정하는 일은 혼자서 했으니 어려움이 많았을 거다.

그러니! 친구가 휠체어를 타고 있는 것쯤 잊어 버렸을 수도 있다. 어쩌면 내가 휠체어를 타고 있다는 것을 아예 인식하지 못하고 있었는지도 모른다(장애인에 대한 무조건적 배려는 장애인을 더 불편하게 한다).

친구는 아마 1층에 카페가 있으니 더 많은 사람들이 찾아올 거라 생각했을 테고, 무엇보다 기대하는 모든 것을 누리고도 대관비가 좀 쌌기 때문에 2층에 얻었을 것이다.

친구의 첫 해외 전시이니 얼마나 많이 신경썼겠는가, 거기에 부담스럽지 않도록 대관료까지 염두했으니 친구의 고민은 적잖이 컸을 거다. 말하지 않아도 알 수 있는 친구의 마음이 고마웠다.

훨훨, 그림 날다

...

    친구의 기대대로, 나의 바람대로 전시가 진행된 사흘간 전시회장을 찾은 사람들은 많았다. 한국에서라면 친구들이나 지인들이 찾아 줘서 전시회에 관람객이 없을까 걱정하지 않았겠지만 태어나 처음 와 본 프랑스 파리에서 도대체 누가 나를 어떻게 알고 찾아오겠나 생각하니 좀 심장이 오그라드는 것 같기도 했다. 호텔서 아침도 먹지 않고 떠나려는데 엄마가 나를 가만히 쳐다보셨다. 그리고 소리 없이 웃으셨다.

    "지은아, 잘 될 수도 있고, 안 될 수도 있어. 이제 우리 힘으로 어떻게 할 수 있는 일은 없어. 하늘에 맡기자."

    엄마는 늘 그러셨다. 할 수 있는 일은 다 하되, 그 결과는 하늘에 맡기자고. 엄마 말씀이 맞다. 결과는 내가 만들 수 없다. 바라는 결과를 소원할 뿐. 내가 최선의 노력을 했다고 해서 결과가

반드시 좋을 수는 없고, 열매가 없을 수도 있다. 농부는 땀 흘려 농사짓고 풍년을 기대하지만 매번 수고의 열매가 실한 것은 아니다. 그렇지만 또 땀 흘리지 않는가. 농사를 운명으로 생각하는 농부의 손은 늘 부지런하다. 나도 그래야 한다. 농부의 모습으로 그림을 그리고, 관람객을 만날 때를 기다려야 한다.

엄마의 말씀대로 마음을 평안히 하려고 애썼다. 담담하고 덤덤하자고 나를 타이르며 전시회장에 도착했다. 엄마에게 업혀 2층 계단을 오르고 마지막 준비 중인 친구를 만나고서도 나는 '침착하자. 덤덤하자'를 주문 외듯 하고 있었다.

2017년, 프랑스 파리에서 있었던 첫 해외 전시(Guilmong LE CONNETABLE, 프랑스 파리)는 감사하게도 많은 분들이 찾아 주셨다. 성악과 그림이 어우러진 전시는 청각과 시각의 아름다운 자극으로 가득했고, 이를 향유하는 이들도 많았다.

나는 수많은 갤러리 중에 내 작품이 전시되는 이곳을 선택해 주길 바라며 2층 창문을 모두 열었다. 다소 쌀쌀한 날씨였지만 가을의 청량한 공기와 온순한 빛은 2층 갤러리의 아름다운 노랫소리를 멀리멀리 퍼트렸다. 거리를 걷던 사람들은 음악 소리가 흐르는 2층을 올려다보았고 이미 전시장에 있는 사람들의 박수 소리와 함께 더 많은 사람들을 불러들였다. 2층이란 장소성을 극대화한 놀랍고 멋진 마술과 같은 일이었다.

사람들은 자유롭게 앉고, 서서 친구의 노래를 들었고, 벽에 걸

Guilmong
Beau rêve

1er exposition à Paris de Ji Eun Paik
accompagnée de concert de chant classique

12 - 13 - 14 Octobre 2017

Exposition de 18h30 à 24h
Concert à 20h tous les jours

2017년 10월 12일~2017년 10월 14일(프랑스 파리_LE CONNETABLE)

멋지게 살고 싶은 화가 백지은 **83**

Guilmong전(LE CONNETABLE, 프랑스 파리_성악과 프로젝트 전시)

린 내 작품에 관심을 보였다. 작품이 놀랍고 멋지다며 칭찬하고 작품 주제에 대해서 또, 채색 기법에 대해서 묻고 감상을 말하는 일이 너무나 자연스러웠다. 편안하고 자유롭게 작품을 감상하고, 또 작가와도 창작에 대해서 이야기 나누고 싶어하는 프랑스인들을 보면서 왜 해외 전시를 생각하지 않았는지 거듭 반성했다.

예술은 이렇게 다른 곳에서, 다른 문화 속에서 살고 있는 사람들을 만나게 하고, 소통하게 했다. 언어가 달라도 충분히 서로가 느낀 아름다움에 대해서 공유하고, 공감할 수 있었다. 게다가 작품이 팔리는 놀랍고 기쁜 일도 있었다. 처음부터 기대도 하지 않았던 일이라 작품 가격을 생각하지도 않았는데 작품 구입을 의뢰받으니 그냥 선물로라도 주고 싶은 마음이었다. 생각하면 아이 같아서 우습지만 나는 그때 내가 참 멋졌다. 엄마 앞에서 어깨가 으쓱해져서 충만한 기쁨을 느꼈다. 더 바랄 것도 없이 감사하고, 기뻤다.

'그래, 나 참 멋졌다!'

프랑스 첫 전시에서는 작품을 판매했을 뿐만 아니라 다음 전시 제안을 받기도 했다. 작품이 좋다면서 한 갤러리에서 이듬해 전시를 제안했는데 방문해 보니 장소도 크고 멋졌다. 많은 사람들이 오가는 곳이라 관람객은 더 많을 것 같았다. 사실 파리는 어느 곳에나 갤러리가 많았지만 내 눈에는 더 크고 정돈된 전시 공간

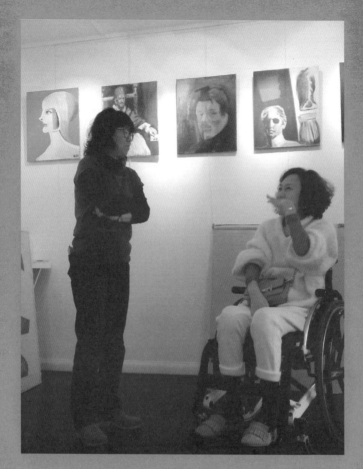

프랑스 작가들과의 교류(작품을 이야기할 때 다른 언어쯤은 문제가 되지 않았다)

프랑스 작가들과의 교류(작품을 이야기할 때 다른 언어쯤은 문제가 되지 않았다)

2018년 1월 26일~2018년 2월 1일(미국 뉴욕_Hello New York! 전시)

백지은
Baek Ji-eun

Solo & Invited Exhibit 9th
Cheon-an/ Paris / Seoul / Cheon-an /
Seoul / Seoul KBS / Suwon / Seoul/
Yeoju Prison
Planing Invited Exhibit
(UNESCO International Culture Art
Education Memorial Exhibit)

2018_ 2018 Hello New York !! Exhibit
(Able Fine Art Newyork Gallery)
2018_ ACAF2018 Art Fair Booth Solo Exhibit
(Seoul Art Center Hangaram Museum_
April_Seoul)

~2017 Domestic&International Exhibit Many Time

Graduated From Beakseok University Major in
Design-Media
Member of Korea Art Association

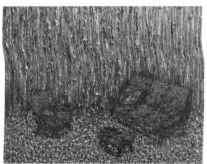

at the forest_6. 53.0×40.9Cm. Oil on canvas. 2017

2018년 1월 26일~2018년 2월 1일(미국 뉴욕_Hello New York! 전시도록)

이 최고로 보였다. 첫 전시 이후 2년 동안 매년 개인전을 진행했다. 첫 전시에서 아쉬웠던 점과 보완해야 할 문제를 꼼꼼하게 메모했던 터라 2018년(Sonated' insomnie Studio.iam_ist, 프랑스 파리), 2019년(Temperature L' IME ART, 프랑스 파리) 연이어 2년 동안 진행한 개인전에서는 이전보다 작품 해외 운송과 판매 등의 일이 훨씬 수월했다.

갤러리 초대로 치르게 된 두 번의 전시회에서 또 다른 열매를 선물 받았는데 독일과 미국 뉴욕에서의 기획전 초대였다. 초대 받은 전시에 작품을 보내면서 한국을 대표한다는 생각에 무사히 도착하기를 바라는 마음이 이전과 좀 달랐던 것 같다. 대한민국을 대표하는 좋은 작가들이 많아서 혹여라도 내 작품이 대한민국 작품의 명성에 미치지 못할까 조금 염려도 했던 것 같다. 내 작품을 보고 감동한 이들이 있었던 것을 생각하며 스스로 힘을 불어넣기도 했지만, 그렇게 한 것도 어찌 보면 소용 없는 일이다. 나는 알고 있지 않은가!

'내가 할 수 있는 일은 없다. 결과는 좋을 수도, 나쁠 수도, 아쉬울 수도 있다.'

AT THE NORMANDIE & Température

...

　2018년에는 열 번째 개인전이 서울 예술의전당에서 진행되었다. 나는 그해 내게 있던 에너지를 모두 쏟아 냈던 것 같다. 국내외 전시가 많아서 체력적으로도 많이 지쳤기 때문에 걱정도 됐지만 새로운 일에서 얻은 아이디어와 창작 욕구는 체력쯤 버텨 내라고 요청하고 있었다. 더군다나 프랑스에서 첫 전시를 마치고 둘러본 이탈리아 비엔날레는 작가로서 나의 미래를 보다 선명하고도 분명하게 계획하는 계기가 되었기에 몸 피곤한 것쯤은 가볍게 달랠 수 있는 단단한 마음이 준비된 터였다. 나는 열심히 작업했고 국내 전시회와 함께 해외 전시 기회는 이를 칭찬하듯 계속 기회가 주어졌다. 바쁜 나날을 보내면서도 나는 그 어느 때보다 가슴이 가득 찬 느낌이었다.

　2018년 프랑스에서 두 번째 전시를 마치고 엄마와 친구와 함께 노르망디를 여행했다. 1944년 2차 세계대전에서 연합군이 착

류하며 널리 알려진 노르망디는 드넓은 구릉지대와 산울타리가 인상적이었다. 수평선과 맞닿은 초원은 아련하고 바다는 초원의 감정을 받아 시리게 푸르렀다. 바위 절벽에 선 퐁 생 미셸 수도원은 이를 고요히 내려다보고 갈매기들은 푸른색으로 하나 된 노르망디의 풍경을 관조하다 결국 풍경과 하나가 됐다.

노르망디에서 그간의 나의 색의 실험은 새로운 시작을 기획하게 되었다.

푸른빛의 향연 속에서 나는 더없는 자유로움과 해방감을 느꼈다. 푸른빛이 품은 수많은 빛을 만날 수 있었다. 연푸르거나 어쩌면 노란빛을 머금은 들판이 끝을 알 수 없을 만큼 펼쳐진 모습은 언덕 위 고성이 들판의 색을 닮은 것인지, 하늘과 바다의 푸른빛을 빨아들인 것인지 알 수 없었다. 그래서 하늘은 더 혼란스러웠다, 어지러웠다. 이렇게 다른 존재가, 공기와 바람과 물과 돌이 만들어 내는 존재의 어울림과 향연은 축제였다. 그리고 마술이었다. 경건한 예배였고 경이로운 연주였다.

나는 노르망디 여행에서 느낀 감동과 가히 충격적이었던 색의 향연을 하루라도 빨리 캔버스에 옮기고 싶었다. 그때의 감동과 빛에 대한 나름의 해석을 공유하고 싶었다. 그리고 돌아와서 이전보다 더 많은 시간에 집중하여 노르망디의 빛을 표현하고자 색에 색을 입히고 쌓았다. 그 바다를, 들판을 바라보고 또 내려보는 갈매기도 제자리를 찾아 앉혔다. 그 갈매기의 바라봄이 곧 나의 시선이었을까. 갈매기는 형언할 수 없는 빛의 놀이를 간파하고 있었을까, 그리고 그 놀이에 참여했을까? 캔버스를 앞에 두고 그날 그 자리에서 빛놀이에 압도되었던 나를 상기한다. 마치 따돌림당하듯 풍경과 나는 괴리되었다. 외부자가 되어서 한참을 구경하고 섰는데 빛놀이는 이내 나를 놀이에 참여시켰다. 바다와 하늘과 바람과 공기와 향기가 어우러진 그 순간을 놓치지 않으려고 내 몸과 마음의 모든 감각을 곤추세웠다.

대상의 이미지와 감각을 기억하고 이를 표현하는 방식은 언제나 나를 몰입의 경지에 도달하라 채찍질한다. 내가 내게 하는 다그침으로 감각과 기억을 잊지 않고, 잃지 않으려는 노력은 모든 힘을 하나로 모아 쏟아 내는 일이기도 하다. 나이프를 통해 색을 덧입히고 쌓는 방식과 굵고 얇은 붓으로 드러난 빛과 질감을 달래는 방식의 채색을 한참 지켜 왔는데 성격 탓인지 또 한 번 다른 방식의 채색을 기대하기 시작했다.

나는 기존의 표현 기법에서 조금의 변화라도 시도해 보고자 디테일하던 형태에서 좀 더 자유로운 느낌의 추상화적인 방식에 색채를 강조하여 그려 보았다. 나의 시선이 머문 곳, 존재, 그 찰나의 순간을 '온도'라는 주제로 표현해 보기로 했다. 시각과 청각이 주는 감각과 이를 해석하려는 정성을 촉각이란 또 하나의 감각으로 표현해 보고 싶었다. 완성된 작품을 보노라면 액자에 담아 놓은 추억의 감성이 되기도 하며 때로는 가슴 한편에 담아 두었던 그리움이 되기도 한다. 그 장소, 그 시간, 그 감성은 잊혀지

at the Normandie 13(116.8×91.0cm) Oil on canvas 2023

at the Normandie 14(116.8×91.0cm) Oil on canvas 2023

지 않는 짙은 추억이 되어 만만치 않은 세상을 살아가고 있는 우리의 삶에 위안이 된다. 나의 이 위안을 온도라 말하고 싶다. 대상을 감각하는 마음의 온도, 사람을 만나고 이해하는 가슴의 온도.

2019년 9월 3일, 파리 에펠탑 근처에 위치한 라임 아트 갤러리(L'IME ART GALLERY)에서 세 번째 프랑스 전시가 시작된 날이다. 'Température'라는 주제로 8일간 전시된 작품들은 이전과 달리 눈에 담은 대상이 존재하지 않는 추상화였다. 바라본 대상의 온도, 그 대상에 대한 나의 마음, 감동, 인식의 온도를 표현한 것이었다. 지금까지 눈에 담은 것들에 대한 감각을 잊거나 잃지 않으려 했던 나의 노력이, 아름답다고 생각한 모든 것들에 내 몸과 마음과 정신의 모든 감각을 깨워 세운 처절한 몸부림이 재현한 모습은 그래도 구체화된 형태였다. 나의 기억과 감각이 캔버스 안 새의 눈동자에 담겼고, 바람과 바람에 살짝이 흩날리는 깃털과 잎사귀의 떨림으로 재현되었다. 그런데 지금까지 구체화되었던 감각은 이제 Température, 온도를 느끼는 몸과 마음의 촉각의 감각으로 표출되었다.

밝고 화사한 봄의 노래와 수줍게 화려한 장미의 웃음, 순수하고 해사로운 빛은 나른한 속삭임으로 평안하고 평화로웠다. 그 느낌은 나이프로 한 채색을 통해 입체적으로 구현되었다. 균일하지 않은 감각의 온도는 그래서 더욱 실제적이다. 온도에 대한 감

température 5(53.0×40.9cm) Oil on canvas 2019

température 8(53.0×40.9cm) Oil on canvas 2019

각은 그 자체로 또 많은 이야기를 환기한다. 봄날 악의 없는 투정의 온도와 순수한 선의의 배려는 저항할 수 없는, 거절할 수 없는 포근함을 선사한다. 톡 쏘는 여름빛의 열정은 치기 가득한 청춘을 환기하고, 난데없는 용기를 추동한다. 긴 시간을 보내고 무엇에도 들뜨지 않을 것 같은 즈음의 어느 때, 분연히 다시 욕망할 수 있는 용기의 온도는 뜨겁지만 붉지 않은 시퍼런 의지를 확인하는 청량한 온도다. 이제 차분하고 정돈된 도전은 다시 시작될 수 있고, 실패도 기꺼이 수용할 수 있는 청량한 온도는 주체할 수 없는 낙차를 숨기고픈 뜨겁고 끓는 온도를 삼켜 안고 있다.

  2019년 9월을 마지막으로 프랑스 전시는 잠정적으로 멈췄다. 코로나 팬데믹으로 모든 소통이 단절된 때 나도 창작의 동력을 잃었었다. 다른 이들과 공유할 수 없는 작품은 그대로 사라지는 이야기가 되어 버리고, 이야기를 이어 갈 수 없는 창작자는 목마름과 허기짐에 괴롭다. 그 시기를 묵묵히 통과하는 일이란 적잖은 고통을 요청했다.

화가이고 교육자입니다, 감히 사업도 하려고요

...

2023년 천안 불당동 M갤러리에서의 전시회는 코로나 팬데믹 이후 다시 창작의 전열을 정비하는 전시였다. 그간 얼마나 갈망해 왔던가! 사람들이 만날 수 없고 모일 수 없다는 것은 그것만으로 형벌이다. 난 웃기를 잘하고, 또 믿기를 잘해서 가족들에게 '어디 가서 사기당하기 십상이다!'는 핀잔 듣기도 많았는데, 그런 내가 바깥 외출을 삼가고 꼬박 집과 작업실을 오가며 그림만 그리다 보니 창작의 고통이 아니라 침묵의 고통 속에서 죽을 것만 같았다. 그 시간을 돌이켜 보고 싶지도 않게, 나는 참 사람이 그립고, 말하기가 그리웠다. 그 안타까움과 갈망이 하늘에 닿았는지 2023년 기지개 켜듯 고향에서 전시를 하게 된 것이다.

친구를 비롯해 많은 분들이 전시장을 찾아 주셔서 다시 출발을 응원해 주셨는데, 그보다는 그동안의 쌓인 이야기를 하느라고 나는 매일 아침 일찍부터 전시장에 나가서 그동안 만나지 못했던 친구들과 가족들과 지인들을 맞이하고 웃느라 매일이 꿈같았다. 전시한 작품은 이전 프랑스 전시 때 작품들과 코로나 팬데믹 기간 동안 작업했던 것들인데, 큰 규모의 전시장을 채울 만큼 많아서 해외 전시 작품을 국내서 감상할 수 있는 기회를 만든 나를 칭찬하며 전시 기간 내내 신났다.

특별히 2023년 전시에서는 작품 전시뿐만 아니라 작품에 어울리는 디퓨저도 소개했는데 전문업체와 의논하여 내 작품과 내게 어울리는 향을 만들고 용기와 포장까지 디자인하고 최종 생산했다. 로즈플로럴 계열과 프루티플로럴 계열로 완성된 향은 룸스프레이와 섬유향수 두 가지로 제작, 생산되었는데 소량이니만큼 제작비가 많이 들기는 했어도 문화예술상품을 기획, 판매하려는 계획이 구체화된 결과물이라서 들었던 비용보다 완성된 제품에 집중했던 것 같다.

채색을 위해 사용하는 나이프와 상품 로고를 디자인하고 일러스트화하여 제작했는데 용기를 고르는 것부터 스틱의 컬러 등 제품이 완성되기까지 디자인과 수정 작업이 제법 길었다. 나는 제법 긴 시간 창작자로 작업을 했고, 작품의 완성도와 전시를 위해서 몇 년간의 내용을 기획하고 계획하는 것을 계속했다. 친구로부터 우연히 프랑스 전시를 자극 받으면서부터 더 단단해진 습관은 구체적으로 나의 미래와 현재를 보여 줬고, 지금 해야 할 일과 도전할 과제를 보여 줬다.

2023. 10. 백지은 작가의 At the Normandie전(신불당 아트센터)

2023. 10. 백지은 작가의 At the Normandie전(신불당 아트센터)

코로나 팬데믹 기간에도 기획하고 계획하는 습관은 무너지지 않았고, 그 시간 속에서 나는 피할 수 없는 과제를 만났다.

내 미래와 함께 장애예술인들의 미래, 장애인예술의 미래에 대한 책임이었다. 내 작품을 많은 사람들과 향유하는 것에서 나아가 장애인예술을 많은 사람들이 알게 하고, 장애예술인들이 예술을 통해서 자신의 삶을 꾸려 갈 수 있는 안정적 경제 활동과 이제 고개 든 장애인예술의 새싹을 키우는 일은 내 책임이었다. 누가 맡긴 과제도 아니었고 스스로 만든 과제였다.

예술을 통해서 많은 이들이 자신을 사랑하고, 또 타인과 세상을 사랑할 수 있다면 얼마나 행복하고 기쁜 일인가 말이다.

필요와 의미가 충분했으니 이제 실천이 필요했다. 내가 할 수 있는 도전은 예술 상품 개발이었다. 디자인과 예술 작품의 결합을 통해서 사람들이 좀 더 쉽게 예술을 향유하는 방법을 고민했다. 나의 어릴 적 꿈이었던 디자이너로서의 성취도 기대할 수 있는 문화예술 상품을 기획했다. 그 결과물이 2023년 전시에서 선보인 디퓨저였다. 앞으로도 다양하고 특별한 예술 상품을 기획하고 디자인하여 선보일 예정이다. 소량을 제작하여 그 가치를 높이고, 엄선한 작품을 디자인하여 소장 가치도 확보하려고 계획 중이다.

몇 년 전 앤틱을 좋아하는 엄마와 함께 모아 놓은 가구와 찻

문화예술상품 디퓨저

2013.10.

화실 사람들과 여행하고 영화 보고

잔, 찻스푼과 접시, 전등, 소파 쿠션 등을 가지고 카페를 했었다. 넓은 공간을 둘로 나눠 한 곳은 카페를 하고, 다른 한 곳은 작업 실로 썼는데 내 작품을 카페에 전시하는 동시에 인테리어 역할도 해서 앤틱 소품을 좋아하는 이들의 방문이 잦았다. 좋아하는 앤 틱 소파에 앉아 차를 마시고 작품 감상도 하니 하루가 풍요로워 진다는 웃음에는 일상에서 얻은 행복이 보였다. 작품 판매도 하 게 되고, 또 내게 수업 받고 싶다는 분들도 적지 않아서 작업실에 서 미술 수업도 했었다. 코로나로 긴 시간 할 수는 없었지만 사람 좋아하고 이야기하길 좋아하는 내게 앤틱 카페와 화실 수업은 매 일을 기분 좋게 사는 감사한 기회였다.

화실 수업이 재미있고 보람 있었던 것은 2014년에 중앙대학교 에서 1년 과정으로 문화예술교육사 과정을 공부하고 자격증을 획득한 덕분이기도 했다. 내가 살고 있는 지역에서도 문화예술교 육 지도에 관심을 가지고 역할해 주기를 요청했는데 관련 지식이 부족하다고 생각하니 답답하고 갈급한 마음이 컸다. 그래서 천 안에서 서울까지 매주 아침부터 밤까지 공부하는 일정에 도전했 다. 하루 종일 공부를 하고 집에 돌아오면 엄마도 나도 파김치가 되지만 국가자격증을 받고 뿌듯했다.

자격증을 취득하면서 시골 다리에 그림을 그리는 공공미술 프 로젝트를 실시하였고, 천안·아산교육청에서 초중고 학생을 대상 으로 화가라는 직업에 대한 강의를 요청받아 학교마다 찾아다니며 강의했다. 스스로 배우고 깨닫는 것과 함께 누군가를 도와 배우고 깨닫고 동기를 부여 받는 경험을 한다는 것은 얼마나 설레고 소중한 일인가!

'내일을 기대하는 삶은 감사고 행복이다.'

백지은 또 날다

...

2023년 뜻밖의 전화를 받았다. 장애미술인 취업에 참여해 보겠느냐며 한국장애예술인협회 방귀희 회장님이 전화를 주신 거다. 나는 전화를 받고 나서야 그런 협회가 있다는 것을 알았다. 그래서 어떤 협회인지 궁금하여 협회 홈페이지에 들어가 보니 팝업으로 '2023년 영광의 주인공을 찾습니다'라는 카피로 구상솟대문학상과 이원형어워드 공모 소식이 있었다. 단 한 명을 선정하는 것에서 상의 가치가 느껴졌다. 접수일이 며칠 남지 않아서 정말 열심히 응모 서류를 작성하여 보냈다.

그러면서 나를 위로했다. '한 명인데 안 될 거야. 참여하는데 의의가 있지!'라고 애써 희망과 기대를 눌렀다. 그런데 그 한 명의 주인공이 나라는 소식을 듣게 됐다. 믿어지질 않았다.

코로나 팬데믹으로 모든 활동이 중단되자 화가라는 정체성이 점점 사라지는 것 같았던, 그래서 한참 자신감을 잃었던 즈음에 다시 힘을 얻을 수 있었다. 수상을 계기로 자신감을 찾게 되었

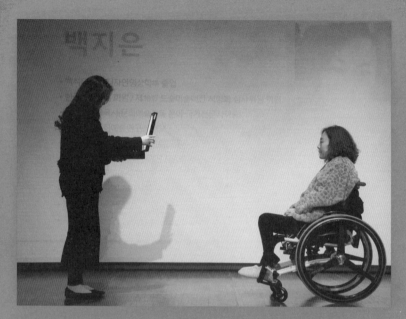

2023년 이원형어워드 수상(2023년 최고의 장애예술인)

고 다시 나를 믿고 작업할 수 있어서 기뻤다. 이전처럼 앞으로도 흔들림 없이 그림에 최선을 다할 수 있겠다는 기쁨에 가슴은 벅 찼다.

2021년도 겨울에 앤틱 소품으로 교류하던 분이 연락을 주셨 다. 전화로만 알던 분인데 내가 작업하는 것을 알고 인터넷 등에 서 찾아보셨는지 "작품을 봤는데 괜찮다 싶다."면서 TV 드라마 소품으로 넣어 보겠다는 것이었다. 그래서 2022년 MBN 드라마 〈스폰서〉, 2023년 MBC 드라마 〈넘버스〉에 내 작품이 협찬으로 들어갔다. 드라마 내용보다 내 작품이 먼저 보이고, 또 내내 보이 고 했던 것은 나와 엄마뿐이겠지만 텔레비전 영상으로 거실 한편 에, 사무실 중앙에 걸린 내 작품을 보노라니 짧은 순간 뭔가 설 명할 수 없는 뭉클함이 있었다. 언제나처럼 엄마가 곁에서 좋아하 는 모습이 그날따라 더 크게 보였던 까닭이리라.

엄마!
김소월 시 〈초혼〉처럼 엄마는 언젠가 내가 불러도 대답 없는 이 름이 될 수 있을지 모른다. 무조건 내 편이었고, 내 모든 시간과 형편에 무조건 나와 함께했던, 아니 나였던 엄마.
가끔 내가 가진 것들과 받은 복이 셀 수 없이 많았음을 고백할 수밖에 없다. 그리고 그것이 모두 엄마에게서 비롯된 것을 알고 있다. 사고 이후 친구들과 놀러 가라고 등 떠밀며 나를 다시 살

엄마와 파리에서

파리 여행에서(휠체어 사용이 어려운 곳엔 엄마의 등에 업혀 어디든 다녔다)

게 하셨고, 몇 시든 어디든 데려다 주시고, 약속이나 모임이 끝나면 그곳이 또 어디든 몇 시든 데리러 오셨던 엄마! 아침부터 밤까지 공부하는 나를 한참이나 기다리셨던 엄마를 생각할 때마다 내가 갚아야 할 사랑을 가늠할 수조차 없다. 참 곱고 예쁜 엄마가 나에 대한 걱정과 염려를 애써 감추지 않도록, 이제 한시름 놓겠다 생각하시어 진짜로 편안해지시길 소원한다.

먼 훗날 엄마와의 이별이 있을 테고 엄마는 내가 목놓아 부르다 죽을 이름이 되겠지만 그때가 언제더라도 지금 마음껏 엄마와 더 웃고 행복하고 싶다. 참 곱고 예쁜 엄마를 위해 더 좋은 일을 많이 빚고, 더 좋은 소식을 많이 만날 수 있길 기대한다. 더불어 엄마의 사랑을 담아 나를 아끼는 가족들과도 오래 함께하며 감사와 기쁨을 나누고 싶다. 사랑 많은 가족이 서로에게 행운을 빌어 주고, 응원하고 격려하며 산다는 건 얼마나 큰 행복인가. 서로 힘이 되어서 누구든 잠시 지칠 때마다 부추겨 세워 주는 가족은 이 세상 모든 것을 잃었다 해도 언제든 다시 설 수 있는 소멸되지 않는 기회다. 가족은 누구에게도 빼앗기지 않을 아주 오래된 보물이다.

그리고 내 마지막 보물, 친구.

곁에서 항상 응원하며 청춘의 한 시절에도 우리는 참 즐겁고 많이 웃었다. 알 수 없는 내일을 두려워하지 않았던 것을 생각해 보면 나와 그들이 친구로 만나 친구일 수밖에 없는 것은 운명이

사촌들과 모임

다. 청소년기 꿈과 소망이 이루어지길 빌어 주고, 청년기 저마다의 사랑과 이별을 위로했던 친구들. 지금은 진짜 어른이 되어 가며 각자의 삶을 책임지고 살아 내야 하는 한가운데서도 이들은 친구로 남아 알 수 없는 장년과 노년의 꿈과 이상을 이야기한다. 한결같이 우리의 의리를 잃지 않으려는 이들에게 어찌 감사하지 않을 수 있으랴.

아무렇지 않게 나를 나이트클럽으로 데려가고, 남자 친구를 소개하고, 기차여행에 동참하게 하고, 작은 카페와 작업실에 몰려와 내 일처럼 소품 정리를 돕고, 저마다 인테리어 아이디어를 자랑하던 이들, 함부로 내 휠체어에 걸터앉아 '너만 앉아 간다.' 귀엽게 투정하던 친구들은 그때나 지금이나 숨길 수 없는 자랑이다. 화가 백지은으로 내 삶을 멋지게 살아가게 하는 힘이다.

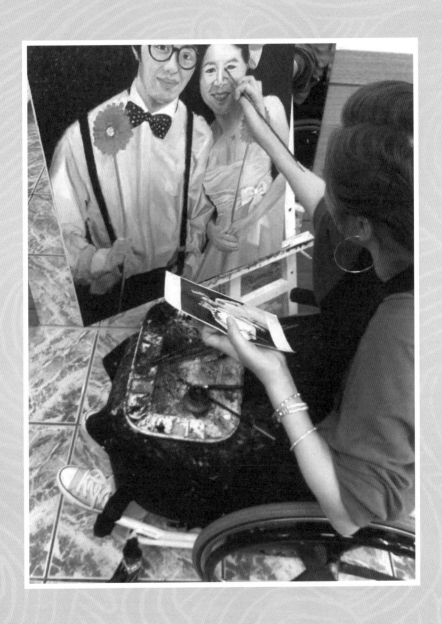

백지은

백석대학교 디자인영상학부 졸업

문화예술교육사(문화예술교육 분야 국가전문자격증)
웜스프링문화예술연구소 대표
한국미술협회 회원
18회 도솔미술대전 서양화 심사위원 역임

2023 이원형어워즈 수상
2017 JW아트(중외제약) 어워즈 우수상
제5회 대한민국평화미술대전 서양화 부문 특별상
제25회 장애인미술대전 입선
제27회 장애인미술대전 특선
1회 대한민국 신한국 33인상(펜타임즈)

개인전 15회
2024. 10. 백지은 개인전 〈Hello, 조나단〉(천안 신방도서관_한뼘미술관)
2023. 10. 백지은 작가의 At the Normandie전(신불당 아트센터_M갤러리, 천안)
2021. 12. 월봉1길 54 거리, 작가의 방전(작가 아뜰리에, 천안)
2019. 10. Température전(L' IME ART, 프랑스 파리)
2018. 09. Sonate d' insomnie전(Studio.iam_ist, 프랑스 파리)
2018. 04. 10회 개인전(서울예술의전당, 서울)
2017. 10. Guilmong전(LE CONNETABLE, 프랑스 파리)
2017. 10. 백지은 개인전(알롱지 계단갤러리, 천안)
2017. 09. 7회 개인전(리수 갤러리, 서울)
2016. 06. 풍요의 마을전(알롱지 계단갤러리, 천안)
2015. 08. 예술을 통한, 감성의 소통을 꿈꾸다전(KBS 시청자 갤러리, 서울)
2015. 10. dérangé horloge(토포하우스갤러리, 서울)
2011. 08. nature person전(F9갤러리, 서울)
2011. 05. 초대전(여주교도소 내 갤러리, 여주)
2011. 03. Soul전(마르띠스갤러리, 수원)

프로젝트 전시 & 그룹전

2023 MBC 드라마 〈넘버스〉에 작품 협찬
30회 또 하나의 밝은 세상전(양천문화회관, 서울)
풀, 물, 원전(M갤러리, 천안)
2022 방송 드라마(채널_IHQ/MBN) 〈스폰서〉에 작품 협찬
연세 세브란스 재활병원 재능기부 전시(신촌세브란스, 서울)
29회 또 하나의 밝은 세상전(한사랑교회, 서울)
서울아트쇼전(코엑스홀, 서울)
2021 천안시 공공미술 프로젝트 우리 동네 미술(흥타령관, 천안)
충남의 가을 · 겨울전 작가공모 선정(충남도청 작은미술관, 홍성)
충청남도 시각예술 전업작가 작품구입 공모 선정 어반 브레이크 아트아시전(코엑스홀, 서울)
2020 45회 한국미협 천안지부전(천안예술의전당, 천안)
17회 천안예술제 오늘의 미술 감성전(삼거갤러리, 천안)
FOUR COLORS전(제이갤러리, 천안)
2018 에이블 파인아트 뉴욕갤러리 기획전, Hello New York전
Festival des jeunes artistes coreens-KOWIN FRANCE전(프랑스 파리)
ART SHOPPING전(LOUVRE박물관, 프랑스)
Exposition Cologne전(KUNSTRAUB99, 독일)
기획전, 퀴니오-다섯 개의 점전(리디아 갤러리, 서울)
43회 한국미협 천안지부전(천안예술의전당, 천안)
충남 여성 풀뿌리 소모임 그림 전시회, 전시 재능기부(충남도청, 홍성)
충주 출제센터 미술작품 임차 · 설치(충주 출제센터, 충주)
2017 서울아트쇼(코엑스홀, 서울)
충주 출제센터 미술작품 임차 · 설치(충주 출제센터, 충주)
14회 천안예술제 천안미술 깃발전(도솔공원, 천안)
아트, 이음전(광화문광장, 서울)
천안미술협회 정기전(천안예술의전당, 천안)
연세 세브란스 재활병원 재능기부 전시(신촌세브란스, 서울)
2016 서울아트쇼(코엑스, 서울)
북카페 산새 내 기획전시(북카페산새, 천안)
아트홀릭전(에이블 파인아트 서울갤러리, 서울)
아트페스티벌(이음센터, 서울)
23회 또 하나의 밝은 세상전(양천문화회관, 서울)
한국미술협회 정기전(천안예술의전당, 천안)

2015 제6회 충청남도 척수장애인의 날 기념행사(전시 재능기부)
2014 척수장애인 문화공연 3인3색 참여 초대 개인전(논산문화예술회관)
    한국미술협회 정기전 및 팜 페스티벌 전시 작가 참여
    장애인문화예술축제 선정 작가 및 미술시연 작가 참여
    제1회 장애인 창작 아트페어 선정 작가
    2014 한중일 전시 공모 선정 작가
    또 하나의 밝은 세상전(정기전)
2013 기획초대전(유네스코세계문화예술교육주간 기념 기획전) 2인전(쌍용도서관갤러리, 천안)
2010 그림터정기전(천안신부문화회관, 천안)
    아름다운 우리새 사진 및 그림 전시회(천안신부문화회관, 천안)
2009 환경미술협회 창립전(천안신부문화회관, 천안)
    기획초대 2030현대미술의발상전(미평화랑, 서울)
    국제현대뉴아트페어, 21c국제교류전(체코)
2005 에스닷기획전(에스닷갤러리, 대전)